中公文庫

迷い猫あずかってます

金井美恵子

中央公論新社

迷い猫あずかってます　目次

迷い猫あずかってます

12月18日の昼ごろから、
この近辺で
迷い子になって
泣いていました。

連絡先　金井美恵子

挿画　金井久美子

中扉カット（前頁）　金井美恵子

トラ！　トラ！　トラ！

ニューヨーク近代美術館の土産品コーナーで買ったという木彫りのカモを友達にもらった。てのひらに載るくらいの大きさの、どんな種類の木材なのかはわからないが、茶のニスが塗ってあるだけの素朴《そぼく》な置物で、ふくらんだ胸のあたりから上下にわかれて、下の方の部分に四角いくりぬきがあり、物を入れられるようになっている。

中に何が入っていたかというと、焦茶色《こげちゃいろ》の表面に皺《しわ》のよった干した堅い木の実で、これはもちろん友人が入れたのであり、ニューヨーク近代美術館で干した木の実入りの置物を売っていたわけではない。

木の実はまたたびの実なのだった。家で飼っているキジ柄《がら》の去勢猫《きょせいねこ》トラーへのお土産だったのである。猫好きの友人としては、アーリー・アメリカンの民芸品のカモのふたを取ると、中にまたたびの実が入っているのを見つけたトラーが大興奮して酔ったようになり、うっとりとした甘美な表情で床の上でゴロゴロする、という場面を想像していたのだったが、猫のなかには、またたびにまるで無反応というのが稀《ま》れにいて、家のトラーはそうしたタイプの一匹なのである。

またたびの実も粉末も食べることは食べるのだけれど、昔飼っていた猫たちのように過剰な陶酔境がやってくるわけではなく、食べたり舐《な》めたりはするものの、ケロリとして、まるで変化があらわれず、今まで知っていた猫のように、茶だんすの引き出しから出してまたたび入りの袋を見せただけで眼《め》を輝かし鼻をヒクヒクする、ということもまるでない。またたびについては、ほんの一例にすぎないのだが、二十何年かぶりに猫と一緒に暮らしてみて五ヶ月が過ぎて、昔とは勝手の違うことばかりなのに、いささか驚いている。

猫が変化したというのではなく、もちろん、猫の飼い方が変わったということなのだろう。飼い方の変化で、当然、猫の行動にも変化がおこるのかもしれないが、そのあたりのことは、よくわからない。二十何年か前に常時、何匹かの猫が家にいたのは、母親が猫を飼っていたからで、私と姉とは猫と一緒にいたというだけのことで、ようするに、こちらも飼い猫同然に親に面倒をみてもらっていたようなものであり、だから、本当に〈飼う〉という意味で猫と生活したのは、この五ヶ月が初めてということになる。

家の近所を歩いていると、大小様々、いろんな柄のたくさんの飼い猫と野良《のら》猫の姿を見かけるものだから、そんなことを考えたこともなかったのだったが、マンションで飼われて外へ一歩も出ない猫というものがいる、ということに改めて気がついたわけである。家のトラーは外へ出るのを自由にして飼っているけれど、外出の出来ない猫を飼っている人たちが案外多いということに気がついて、少し驚いている。

知っていたはずなのに、ようするに、猫というものが、マンションの部屋から一歩も外に出ない、ということについて、深く考えたことがなかった、と言うべきかもしれない。

発情期のオス猫が物凄《ものすご》い臭《にお》いのオシッコをテリトリーにひっかけてまわる、いわゆるスプレー行為というものについては知っていたので、マンション住まいで猫を飼うことになった時、まず、去勢をしなくてはならないだろう、ということでいささか頭が痛かった。

町角で尾っぽをピンと立てて上機嫌《じょうきげん》にのっしのっしと歩いている大柄のオス猫の、柔らかな毛の密生した丸い二つの睾丸《こうがん》を見ると、去勢猫かそうでない猫か、つい気になってしまう。

猫はまあ動物で、動物の生殖本能というものを、一度も行使されないまま、こちらの都合で奪ってしまうのは、どんなものかと考える一方、飼い主であるこちらの都合に有利に、ま、人間と違って猫には、神経症の原因になるような性的ファンタスムとしての欲望があるわけではないのだし、なんだかんだと言ったところで、家の猫は農家や米屋でネズミを捕獲する要員として飼われるわけではなく、しょせん、ペットなのだから、しかたがないか、と考えるようにしている。

知りあいの文芸批評家の夫妻が一年間アメリカへ行くことになり、彼のところでもキジ柄の私のところのトラーにそっくりな可愛《かわい》い去勢猫を飼っているので、留守中猫が迷い子になっても安心なように、迷い子札をプレゼントすることにした。

池袋のデパートの陰気きわまりなくそこだけが時代に取り残されたような暗いペット売場に足を運ぶのは、そこで売られている動物を見るのが嫌《いや》なのだが、七宝焼で、飼い主の電話番号と名前を焼き付けてくれる注文制のメダルを売っている場所を他に知らないので、しかたがない。

アメリカン・ショート・ヘアのシルヴァータビイの成猫《せいびょう》が狭いケージの中で鳴いているので、そちらをなるたけ見ないようにしながらカウンターでメダルの注文をしていると、見たことのあるような若い男が、猫のトイレ用の砂とカンヅメの配達を頼んでいて、もう一度、よく見ると、三匹のアビシニアンの飼い主でもある高橋源一郎だった。

浅田彰《あきら》は日本の文壇を村落共同体だと言い、柄谷行人《からたにこうじん》と岩井克人《かつひと》は『すばる』の一九九〇年六月号の対談で、日本の小説を、内部だけで流通し決して外部へ輸出される商品としての力を持っていない〈米〉という神話的な物と比較している。そうした批判とはまたまるで別の、いわばロマン派文学的世界観から、東京を中心とする文壇の作家や批評家のだらしない没理想ぶりのていたらくを、超然と批判する、立派なチャウチャウ犬の飼い主でもあるらしい丸山健二だったら、デパートのペット売り場で小説家がばったり出あい、一人は、猫のトイレ砂とカンヅメを買い、一人は、文芸批評家の愛猫にプレゼントするために一八〇〇円の迷い子札の注文に来た、という事実を、去勢されているのは猫のみならず、お前ら自身だ！　と罵倒《ばとう》したくなるのではないか、と私は思ったのだったし、そう罵倒したくなるのは、むろん丸山健二だけでは決してないだろう。

猫の去勢のことで思い悩むどころではないのである。

去年の十二月十八日に、元の飼い主の都合で置いていかれたのか、それとも自分で迷い子になってしまったのか、とにかく私のところへ、ニャアニャア鳴きわめきながら住み込むことになったトラーは、戸外で排泄《はいせつ》をしたことのない猫だったようで、半日近くオシッコを我慢していたらしく、急ごしらえに新聞紙を細かくさいたものを箱に入れてトイレを作ってやると、大あわてにあわてて箱に飛び込み、前肢《まえあし》をつっぱり眼を閉じて、長い長いオシッコをした。

これは飼い猫に決っているし、飼い主は心配しているだろうと、姉と絵入りのポスターを作り、近所の電柱や掲示板に張ったのだったが、捨てられたのか置いていかれたのか、誰からも何の連絡もなかった。よほど疲れていたと見え、何日かはジャレるなどということもなく、膝《ひざ》かけ毛布にくるまって――からだをゴロゴロ回転させて自分を毛布に巻き込んでしまうのだ――ただひたすら眠っていた。鱈《たら》チリの鱈や白子、紅ジャケのカンづめ、ミルクといったものをエサに与えていたのだけれど、カン・ビールのプルを開けた音で、ぐっすり眠り込んでいたトラーが眼をさまして、ニャアニャア鳴きはじめた。これは、世に言うペットフードのパッカン式カンづめで育てられていた猫なのだ、と気づいて、モンプチという銘柄の物を買って来て与えると夢中でむさぼり喰《く》い、満足そうに毛を舐めはじめ、体力も回復したらしく、部屋中を駆けずりまわって、少しでも動く物があれば、原稿を書いているボールペンであれ、人の足であれ、自分の短いオッポであれ、人の髪の毛であれ、飛びかかってジャレつき、紙の類《たぐ》いは、新聞紙、雑誌、本、原稿用紙、トイレットペーパーを問わず噛《か》みつき爪《つめ》を立て喰いちぎって、それにあきると、エアコンの温風がほどよくあたる机の上か、寒がりの猫のために買った小型電気ストーブの前で長々と寝そべる。ストーブのスイッチはオフになっているのだが、その前に寝そべるか丸まっていると人間がスイッチを入れてくれると思い込むようになるのに、そう時間はかからなかった。

　トラーはテレビという物にまるで興味を示さないのだが、料理番組の、それも中華料理の派手に音をたてる炒《いた》め物《もの》には過度な興味を示してテレビの前に飛んで行き、中華ナベのなかで野菜や肉がリズミカルに踊るのをじっと眺《なが》め、料理が皿に盛りつけられると、爪を出した前肢をさっと伸し料理をかすめとろうとした。チッ、と爪がテレビの画面にあたる小さな音がするだけで、爪の先に何もひっかからないものだから、眼を見開いて、アニャッ？　という顔をする。食べられないと理解するまで真面目《まじめ》な顔で繰りかえすので、こちらもつられて、トラーは猫舌だから中華料理は無理、無理、と言ってしまうのだが、お皿に食物が盛りつけられるまで待ってから前肢を伸して取ろうとするのは、案外育ちの良い猫だったのかもしれない。

　老嬢二人に飼われている去勢猫などというものは、甘ったれのアホ猫にならない道理はないわけで、もう生後一年の成猫であるにもかかわらず、今も、天井から吊《つる》してあって自分ではとても前肢のとどきそうにない電球のシェードの内側に止まっている羽虫を捕えてくれ、と虫と姉を交互に見ながらニャーニャー要求がましく鳴いている。

　飼い主に忠実で愛情の深いえらい犬の話は、しばしば読みもするし耳にもするのだが、えらい猫の話というのはあまり聞いたことがない。

　およそ、猫という生き物は眠っている時間が一日のうちの大半以上をしめているから、えらい立派なことをする時間などありはしないのだろう。

いくらペットとはいえ、猫本来の狩猟本能というものはあるらしく、トラーは、トカゲを二匹、灰色のビニール袋、工事現場のベニヤ板から剥《は》がした商標シート、マッチ箱、お子様用花火の包み紙の切れっ端などを口に咥《くわ》えて、大得意の自慢気な顔で外から持ち込んで来る。外に行かない雨の日は、戸棚《とだな》からビニール袋に入ったトイレットペーパーのロールを咥え出して、鼻の下をふくらませ、肩を振り振り大いばりに部屋をのし歩く。

哀れにもそういった仔《こ》猫めいたエモノを咥えて大喜びなのだから、私たちとしては、しかたなく、エライエライと頭を撫《な》でて甘やかしてやることになる。

ここいらあたりは都心といっても、広い庭のある家が多く、夏の日盛りには、古い木造の家に住みついているらしい青大将が道に寝そべっていたりすることがある。道に落ちているマッチ箱を、格闘した成果の獲物のように咥えて来て大自慢の猫が、まさか青大将にチョッカイを出すとも思えないが、なにしろ頭の良くない動物（犬にくらべて）だから、ニョロニョロ動く面白い紐《ひも》と思ってじゃれかかり、どことも知れない熱帯のジャングルが舞台のハリウッド映画のヒョウのように、大蛇《だいじゃ》にからだを巻きつけられて締め殺されたらどうしよう、などとつい考えてしまうといったような心配をもらすと、決して甘やかさずに猫を飼っている、と自負する知人が、猫というものはただのカワイイカワイイだけの動物ではなく、野生の血を残して残忍なところのある動物で、メス猫などは自分の産んだ仔猫を食べてしまったりもする、とヒゲを自慢そうにふるわせて（猫ではなく飼い主の男が）私をおどそうとするのである。陳腐な言いぐさではないか。

　男に多いのだが、猫はカワイイカワイイ生き物ではなく、カワイイカワイイと言っている（主におばさんの）飼い主がとても正視できないようなケダモノ的振る舞いをする動物でもあるのだ、と言いたがる人物がいる。猫を絶対甘やかしてやる、と決心している私のようなおばさんは、そういう意見を聞くと、ふん、自分がすっかり去勢されてるもんだから、猫のケダモノ性にあこがれちゃって、バカなマッチョ、という感想を持つだけであることは言うまでもないだろう。

　正視できないようなケダモノ的振る舞い、といったところで、たかがケダモノのやることである。残忍だのなんだのと、ヒゲを振るわせるようなことではないし、気持のよいものでは決してないにしても、メス猫を飼っていた者なら、産まれたての仔猫のえなを舐めとる行動に、抑制がきかなくなって食べてしまうことがままあるので注意しなければならないということは、誰でも知っているはずなのだ。

　オス猫を去勢するのは、もっぱら、さかりの時にあちこちにひっかけてまわるオシッコの問題だろう。芭蕉《ばしょう》「冬の日」の歌仙《かせん》、名残裏六句に、「いろふかき男猫ひとつを捨かね　て　杜國《とこく》」というのがあるけれど、これは猫のマーキングとさかりの時特有の鳴き声に、ほとほと困った、ということにちがいない。

　ところで、猫医者の書いた猫の飼い方といった類いの本を読んでいると、さかりの最中のオス猫が自分のテリトリーのそこここにオシッコをひっかける行為を、マーキングとかスプレー行為と言うらしい。これは相当という以上に強烈な臭気のもので、オス猫はマーキング用に特別に濃度の強い液体を溜《た》めておくのだそうで、ひっかけた後にすぐ気がついて始末しておけばいいものの、猫は人の見ていない所で、部屋のあちこちにひっかけてまわるから、たいていの場合は手遅れになる。眼にしみて鼻の奥がツンと痛くなるような臭気で、自分の家の猫だけならまだしも、近所のオス猫もやって来て、後肢をヒョイと持ちあげて家の周囲にひっかけ、背中をゆすりあげるようにして立ち去って行く。

　共同住宅であるコンクリート造りのマンションで、オス猫のマーキングを許しておくわけにもいかないだろうし、たかだかペットに、〈自然〉だの〈野生〉だのを要求するのも、馬鹿気《ばかげ》ている。

　大江健三郎は、A・A・ミルンの『クマのプーさん』（石井桃子訳、岩波書店）に登場するメランコリックなロバの名前を、息子の愛称に選び、今では、イーヨーと言えば、誰でも『クマのプーさん』より大江健三郎の名と小説を思い浮かべることになっている。家の去勢猫はトラ柄《がら》で、トラー、という名前なのだが、正式には、『プー横丁にたった家』（石井桃子訳、岩波書店）に登場する、とびはね屋で幼稚な甘ったれのトラー（原文ではTigger）から借りて、トラーと音引きがある。マンションの一階に住んでいるので、外へ出歩くのを自由にさせているが、外で顔をあわせて、トラー、トラ、トラ、と呼ぶと、駆け寄ってきて、ン、グググググ、とノドを鳴らす。最初の、ン、という声は、ニャ、という音を出さずに口を開いて鳴くものだから、ニャンという声の、ンだけが音になるのである。ン、ググググ、と駆け寄って来て、足もとの地面にゴロリと横になってからだをクネクネとさせ、お腹《なか》を出し背中を地面にこすりつけて、猫好きの人にはわかっていただけると思うのだが、飼い主としては、ウッ、可愛い！　と、感じいって、じゃんじゃん甘やかしてやろう、と決心してしまう。ウッ、という音は、感動に声がつまった時の音なのだ。

　ところで、今日のペット用語で言うマーキングやスプレー行為のことを、昔は何と言っていたのか、と考えていたのだが、つい最近、近所の猫好きの老婦人と話をしていて、オス猫はかけしょんをするから、という言葉を耳にして、昔はそう言ったものだったと思い出した。

　かけしょんの必要のないトラーは、外で遊んでいるとあわてて窓から跳び込んで猫用トイレに駆け込み、しゃがみ込んで眼《め》をつぶって長々とオシッコをし、また、外に駆け出して行く。

銀座の猫、家の猫

シャンテ・シネで映画を見た後、日比谷シャンテの一階の奥にある喫茶店でビールを飲んでいたら、路地に面したガラス窓越しの、レンガに囲まれた小さな緑地を猫がゆっくり歩いて横切っていった。

こんなところに猫がと見ていると、路地をはさんだ向こうの、昔ながらの下見板張り造りの二階家が裏手を見せて何軒か並ぶ屋根の上にも、猫が二匹並んで眠っているのだった。多少汚れた白地に赤トラ柄の猫とミケ柄の猫で、冬の早い午後のあたたかな日差しを浴び、からだをくっつけあうようにして、顔を半ば前肢の間に埋めた姿勢で、遠目にもお腹が呼吸につれて規則正しく微《かす》かに上下するのがわかる。もともと猫というものは、野良《のら》猫にかぎらず、屋根や塀《へい》の上で昼寝をするのが好きで、家の近所でも、散歩の途中、屋根の軒びさしや塀の上で丸くなったりお香箱を作ってぐっすり眠りこけていたり、ウトウトしていたりする猫を見かけるけれど、そう、ゆっくりと猫の眠っている様子を観察しているわけにもいかないのだが、少し立ちどまって見あげると、ぐっすり眠り込んでいる猫はそのままだが、ウトウトしてお香箱を作っている猫は、いくらか不機嫌《ふきげん》そうに、短く、しわがれ声で、ンニ、ンニ、と鳴くので、昼寝の邪魔をしていると批難されたような気持になる。

青いプラスチックの差しかけ屋根の上で眠っている二匹の猫を眺《なが》めていると、隣のテーブルでは、居酒屋チェーン本部の課長と社員らしき中年男と若い男が、亀戸《かめいど》だか亀有だかの新しく開店した店のランチ・タイム・サーヴィスの件について話しあっている。独自の味を持たせなけりゃいかんのだが、定食方面やラーメン関係については、ウチは素人《しろうと》だから、いいコックをやはり一人くらいやとい入れなければならない、と熱心にビジネスの話をしている。「ラーメン」や「定食」に「方面」や「関係」という言葉をつなげてしまうのは、ビジネスマン・マッチョ・コンプレックスと呼ぶべきものではあるまいかなどと考えてしまう。

さっきまで私たちの見ていた映画『恋恋風塵《れんれんふうじん》』のなかで、台北のゴチャゴチャした商店街——それを侯孝賢《ホウシャオシェン》監督は一見平凡で平板に見えるとても不思議なアングルで撮るのだが——の屋根の上に突き出している看板の陰に白い大きな猫が寝そべっていて、その白い大きな猫は、もちろん撮影用に用意されたものではなく、偶然そこでただ眠りこけていただけなのだろうが、映画のなかでも街でも、つい眼ざとく猫を見つけてしまうのが、まあ、猫好きの人間の特徴なのかもしれないし、然《しか》るべき場所で眠っている猫が偶然カメラに入ってしまうというか、然るべき場所で猫が眠るようにどうでもしむけてしまうということが、そもそも映画監督の才能なのかもしれない。撮影隊の騒々しいさわぎにも動じず、猫という動物は、のんびり寝そべっているものなのだなあ、と感心してしまう。

　こちらも、映画を見に来たのは、別に映画評を書く仕事のためというわけではなく、ビールを飲んでいるのも、もう一本の別の映画の始まる時間までの時間つぶしなのだから、猫のことはあまり言えたものではないのだけれど、人間が忙しく働いている昼下がりに、猫はまったくいい身分だなあ、と思っていると、猫は大アクビをして背中を丸めてから前《まえ》肢《あし》を伸し、すわり直して顔を洗ったり、後肢の片方を帆を張るようにピンと立てて下腹を舐め、再び姿勢を変えて顔を後に曲げて背中の毛を舐めはじめる。

　眠りからさめて、せっせと顔を洗ったりからだを舐めたりしたのだから、猫ちゃんはきっとこれから散歩なりなんなりの活動を開始するのかと見ていると、毛づくろいが、とりあえず終わったところで再び前肢を伸して大アクビをし、ぐるっとからだのむきを変え、前肢であたりをゴソゴソと探るようにしてから、からだを丸めてまた眠り込んでしまった。その間、もう一匹のミケのほうはずっと眠りこけたままである。

　それから一週間もたたないある日の夕方、マンションの廊下で仔猫がビィービィー鳴き喚《わめ》くのでドアを開けると、クロトラ柄で鼻の下と口の周囲だけが白くて、お腹はアンズ色の可愛い顔立ちの仔猫が凄《すご》い勢で夢中で跳び込み、私の膝《ひざ》に駆けのぼってしがみついてきた。これは一種の災難といえないだろうか。一ヶ月たった今では、相当な大きさ（またたく間に三・五キロになったのである）になって、昼の間はぐっすり眠りつづけ、夕方近くになると眼をさまして部屋中を駆けずり回ってベランダづたいに庭に跳び出してから、近所の小さな女の子たちと一緒に走りまわって女の子たちをキャアキャア言わせながら遊び、戻って来てエサを食べ、からだを舐めてまた一眠りする、ということを繰りかえしている。一眠りして眼をさますと、アクビをしてからだを伸し、カーペットに爪《つめ》をたて、また大アクビをして毛づくろいを一しきりし、それからまた眠る態勢に入る。

猫を飼うつもりなど、まるでなかったのに、日比谷シャンテの喫茶店でビールを飲みながら、ガラス窓越しに眠る猫をゆっくり観察しつつ、つくづく猫という動物はおかしな生き物だ、こんな盛り場の真ン中の片すみで、のんびり好き勝手に昼寝をしているのだからなあ、と思ってから一週間もたたない間に毎日猫を観察しつづけるはめになってしまった。

今もアジのカンヅメとミルクを食べおえて、口のまわりを舌で舐めまわしながら、寒がりの猫用にエアコンディショナーとは別に付けてある小型電気ストーブの前にすわり込んでいたかと思ったら、トイレに行くというので猫用トイレの置いてある洗面所のほうへ向う途中、私の膝の上を飛び越しざま、音をたてずに臭いオナラをした。

猫を見ていると、「遊興一匹」だなあ、とつくづく思うのである。『沓掛《くつかけ》時次郎・遊侠《ゆうきょう》一匹』という加藤泰監督の映画があったけれど、いうまでもなく猫には、侠というものはないし、毎日見ていると、眠る（これにいちばん時間をさくようだ）、食べる、排泄《はいせつ》する、遊びまわる（眠ることのつぎにこれに時間をかける）、という四つのことしかやらないし、犬のように主従関係を飼い主や仲間と結ばず、「一匹」であることに生きているからだ。

　シマ柄の猫は、もともと野生の山猫の性質をいちばん残している、というのが、あまり猫好きではない『人イヌにあう』（小原秀雄訳、至誠堂）のコンラート・ローレンツの意見だが、それはまあ、たしかに白と黒のブチのまねき猫のような柄の山猫はいないし、子供のころに家で飼っていた猫のことを思い出しても、クロトラの猫はやけに向うっ気が強くて元気がいいのである。今、その猫は家の前のヒマラヤ杉のてっぺん近くまで上ってしまい、降りるのが急に恐ろしくなったらしく、ニャオ、ニャオ、ニャオと鳴きわめいている。さて、どうやってヒマラヤ杉の枝の上で鳴きわめいている猫を救出するか、こうした騒ぎは猫のやってきた十二月以来もうこれで三度目のことなのだが、ニャオ、ニャオ鳴く声は、すでに助けを求める必死のかん高い叫び声に変わっている。やれやれ、マンションの管理人にまたはしごを借りてこなければならない。

小さな虎さん

猫を飼うと、本当に人間が卑《いや》しくなる。

というのは、先だってあるペット・ショップで、飼い猫のエサとトイレット用の砂を買っていた某作家を見た時、彼が買っていた猫用かん詰の銘柄を見て、つい、あんなものをよくまああの家の猫は食べるものだ、いつも猫用かん詰を買う近所の店のおばあさんも、家の猫も某々と某々のかん詰だけは時々なら食べるんだけどねぇ、本当にやんなっちゃう、ゼイタクになって、と嘆いていたし、飼い猫の食生活の贅沢《ぜいたく》のエスカレートに関しては誰でもが秘《ひそ》かに、これでいいのか、という思いを抱いてもいるのだ。あの家の（猫の）食生活は貧しいのだなあ、などと思ってしまったのはともかくとして、金棒引きのおかみさんよろしく、猫を飼っている知人に、報告までしてしまう。そうすると、知人は、そりゃひどい、と憤然となり、猫を飼うのは何のためだと思ってるんです？　と声を荒らげ、贅沢をさせてやるためじゃないか！　ケチ！　と言い、そう言われてみると、こちらは確かにそのとおりだという気がにわかにして来るし、武田百合子《たけだゆりこ》さんも、猫には思いきり贅沢をさせるべきで、家のタマは光ヨード卵を食べていた、と書いたハガキをくださったことも思い出して勢づき、ディッケンズは飼い猫に生ガキを食べさせるために自分で市場に買いにいった（召使いたちが猫との待遇の格差に不満を抱くことを考慮したためである）ということなどを思い出し、内田百閒《ひゃっけん》はクルに青い魚は強すぎて猫には毒だからといってヒラメとカレイの薄造りを与えていたことなども言いたてて、なんの因果関係もないのに「だから」ということになってしまう。「だから彼の小説も、でしょう?」という出鱈目《でたらめ》な批評をするということになってしまったりする。

　よく考えてみると、猫を飼っている文学者には、どうもあまり上品で感じがいいとは言えないタイプの人が多いような気がするのは、犬にくらべて世間で言う、猫の性格のいわゆる陰険さと関係があるのだろうか。それに、犬には泣かせる美談がたくさんあるけれど、谷崎潤一郎なんてものは、飼っていた白黒ブチの日本猫を顔立ちが利口そうで凜々《りり》しくて五月人形の桃太郎のようだとチヤホヤ可愛《かわい》がっていながら、ひとたび、ペルシャ猫をアメリカ帰りの映画俳優上山草人《かみやまそうじん》からもらいうけるや、ペルシャ猫を珍重して桃太郎猫には見むきもしなくなったという人非人振りを発揮したらしいし、百閒の『ノラや』と『クルやお前か』も、ノラがいなくなった嘆きや、クルが死ぬところなど、もらい泣きせずにはいられないものの、主役たる猫のノラやクルは、どう見ても甘やかされた平凡に愛らしいごく普通の猫で、いわば「犬」という動物について書かれた多くの物語の持つドラマティックさに欠けているし、そもそもが百閒の猫っ可愛がりぶりは、いかにも愚かしいのである。

　初めて飼ったノラ――手紙の封筒ぐらいの長さで先が曲がって小さな団子になっていて「さはれば鉤《かぎ》の様な手ざはり」のする尾の大ぶりの雄猫で、体重は「失踪《しっそう》前は一貫二三百ありました」が「動作がゆつくりして」いて「顔や目つきがやさしい」「眼《め》は青くない」「ひげが長い」「生後一年半余り」で「猫の名はノラ」と、行方不明の猫をたずねるポスターに「その猫の目じるし」として、①から⑪までの箇条書きで説明される「背中の毛は薄い赤の虎《とら》ブチで白い毛が多い」ノラ――は、小鳥のカゴの置いてある部屋には決して入って来ないお利口ぶりを示しはするものの、二番目に飼うクルは、台所の窓に面している塀《へい》の上で台所の窓にそって作られた棚《たな》に跳び移りたいと鳴けば、あわてて妻と女中が踏み台を持ち出して棚の上に載っているナベカマの類《たぐ》いを取りのぞいて、クルが塀から棚の上に跳び移れる態勢をととのえてやるという、ほとんど猫の召使いも同然のありさまの愚かしさを示し、本当に身につまされるのである。トラーがそこに跳びのりたいと鳴けば、私も姉も、あわてて、というか、いそいそとタンスや本棚や食器戸棚の上に置いてある物をおろしてやっているのだから、やはり、猫を飼うと、人は愚かしくなるのかもしれない。

私は読んではいないのだが、動物好きの知りあいの人たち——ほとんど文学的関心というものを持っていない——が、読んで「あれには泣かされた」と口をそろえて言う、死んだ愛犬の思い出を綴《つづ》ったベスト・セラーの読物があり、そういう人たちは、トラーについて「ああいうの書けば、金井さんだってお金持ちになれる」と言うのだが、犬の読物を書いた作家の家の近くに住んでいる知人は、でもあの犬はよく吠《ほ》えて近所じゃ評判の馬鹿犬《ばかいぬ》だったのよ、と妙ななぐさめを口にする。その犬が本当に馬鹿犬かどうかはともかく、私が言いたいのは、猫について書く小説家はやはり愚かしい、ということなのである。

いずれにしても、猫には、贅沢をさせてやりたいものだ。なぜか、と理由を問われても明快な答えはないのも同然で、可愛いからだ、というのが答えられる唯一《ゆいいつ》の理由かもしれない。私のところの飼い猫のトラーは、実物の方がずっと可愛い（さし絵を参照）。絵を描いた本人の姉でさえ、トラーの可愛いところが、ちょっと出てない、本当はもっときれいで可愛いのに、と言うほどで、近くに住んでいる画材屋の奥さんなどは、トラーのことを「きれいで、賢い小さな虎さん」と呼んでいる。賢い、ということについては多少の疑問がなくはないが、生後一年と一ヶ月（推定）の「小さな虎さん」は、家にやって来た時、四十五センチ角のクッションに四肢《しし》をグッと伸してすっぽり収まる大きさだったのが、現在五・一キロになって、二階の窓から二メートル離れた隣の塀に跳び移って遊びに出かけ、近所の、同じ黒トラ柄《がら》で、寸づまりの肢《あし》の上に鼻の大きい丸顔が載った去勢手術をしていないオスの飼い猫に追われて逃げ帰って来る。庭の木の間を走り塀からマンションの廊下の窓に跳び移って、台所の窓から凄《すご》い勢で跳び込み、部屋を走りぬけてベランダの柵《さく》の上に跳びあがり、完全に安全な場所から、二階分下の庭の自分のテリトリーに侵入して来た猫を見張ることになるのだが、そういう時の何回かに一度は、後肢を嚙《か》まれて、猫の牙《きば》のかたちの小さな丸い穴をあけられている。痛そうだけれど、猫の牙のあけた穴は、なんとなく可愛いのである。他の「小さな虎さん」もえらい、などとも思う。猫の皮は三味線になる程だから丈夫なものなのだと思うけれど、牙はそれを破って穴をあけてしまうのだから大したものである。

ケガの手あてに連れて行く猫医者の自信たっぷりな話しぶりでは、嚙み傷というのは傷の周辺一帯が打撲傷のように痛むものなのだそうで、最初は、猫でもないのによくそんなことがわかるじゃないか、と思ったが、度々猫を連れて行くようになって、ナルホド、と納得がいった。猫医者は、まさか、そんな、日曜大工でケガをしたのだ、と笑って否定していたが、手に包帯を巻いていたのは、きっと患者に嚙まれたのに違いあるまい。いい気味である。なぜいい気味かというと飼い猫や飼い犬が医者に通った経験のある人ならピンと来るだろう。猫の医者代は高いものなのだ。

トラーの好物は平貝、タコ、赤貝、アオヤギと小岩井ヨーグルト・グルメファン（四〇〇g入り三八〇円）と焼いりこ（小魚を特殊製法で薄くパリパリに圧縮引きのばした、人間用のおつまみ。小さいのりの丸缶《まるかん》くらいの大きさで八八〇円）で、クール宅急便で取り寄せる魚では、メバル、カレイ、キス、ウマヅラハギ、アジが好きだけれど、なんといっても夢中になるのは甘エビで、これは伊勢《いせ》エビなど無視するほどの大好物で十二匹はペロリとたいらげてしまう。猫などにこんな贅沢をさせていいのだろうか、と反省もするけれど、道で顔をあわせると、ン、グググ、と走り寄ってきて額をこすりつける姿を見ていると、ヨシヨシ、冬には羽根ぶとんを買ってやるからね、トラーちゃんは鳥を捕えるの好きだから、などと、わけのわからない論理で甘やかすことに決めてしまう。

トラーはスズメとハトを捕えるのが、甘やかされた去勢猫にしては驚くほど巧みなのだ。

猫を飼う

知人に七十歳を幾つか越えた一人暮しの女性が二人いて、二人ともまだそれぞれ店の経営者や学校の理事として働いている元気な方たちなのだが、猫の話をしていたら二人の女性がまったく別の反応をしたのがおかしかった。

一人は、もともと猫好きで、通算すればこれまでに百匹くらいの猫を飼ったけれど、つい二、三年前に自動車事故で即死した猫を最後に飼うのをやめた、と言うのである。猫は、事故にでもあわないかぎり、平均十二、三年は生きるから自分の方が早く死ぬのに決っていて、自分は猫を可愛がるし、一人の飼い主に可愛がられた猫は他の人になつかないから、残された猫がかわいそうだ、と言うのである。

もう一人の女性は、生き物は可愛いけど死ぬでしょう、あたくし、死ぬのを見るのがいやで生き物は飼う気がしないの、と言うのだった。

この年齢になれば、自分のほうが先に死ぬのはわかりきっているのだから、残された猫がかわいそうだから、飼いたくてしかたないけれど我慢している、という言葉と、生き物が死ぬのを見るのがいやだから飼う気がしない、という言葉は、ほとんど同じくらいの年齢の、どちらもずっと独身で過してきた老婦人の口から語られたものなのだが、なるほど、こうも違った考え方をするのか、とつくづく興味深かった。

猫より自分が先に死ぬのに決っている、ということを客観的な事実として淡々と話すのを聞いて、私としては何とも答えようがないし、生き物は死ぬのがいやだから、と言われても、でもあなたのほうが先かもしれない、と答えるわけにもいかない。

夏バテから回復し元気いっぱいで、ようやく成猫《せいびょう》らしい強くてしなやかな筋肉が付きはじめ、人間の年齢でいえば二十歳そこそこくらいの家の猫は、狩りの本能を発揮して、さかんにスズメやハトを捕えては、口に咥《くわ》えて部屋に運びこんで来る。若くて元気で、筋肉を躍動させて動きまわる猫を飼いながら、「老い」ということについてつい考えてしまうのは、今年になって老眼鏡をかけるようになったりしたせいも、いくらかあるかもしれない。

私は四十二歳なので、自分の「老い」ということについて考えはじめたなどというのもおこがましいのだが、まあ、最初の徴候を早目に意識しておくのも悪いことではないだろう、といったことを考えるようになったのは、なんといっても猫を飼いはじめたせいではないか、という気がする。

　今年（一九九〇年）の五月に亡《な》くなった詩人の吉岡実さんが、まだ入院はしていないで、病気をかこってはいたけれど比較的元気だった二月頃、電話で話をしていて、猫を飼った、と報告すると、オス猫は去勢しなければいけない、と強調してから、猫が家にいるというのはいいことで、原稿を書いている時、猫が膝《ひざ》の上で丸くなって眠っていたりすると「気持が和むし」、猫というものは「家庭的」で、そりゃあいいことをしたね、とまるで私の行為をほめる調子で言うのだった。

「いいことをした」かどうかはともかく、詩人だな、と思ったのは、原稿を書いている時に猫が膝の上で眠っていると「気持が和む」という時の、書いている姿勢のことだ。物理的に詩は小説よりも短いし、私自身の経験からいって、書く速度というか、言葉を選ぶのに時間がかかって、小説を書いている時とはまるで時間の流れ方が違っているから、書きながら充分に猫の毛並みを撫《な》でたりするヒマがあるけれども、小説を書いていると、どうもそういった気持を和ませているユトリがないような気がしたのだった。

　吉岡さんは十何年か前に飼い猫が死んでから、猫を飼ってはおられなかったが、それはいいことだよ、と何度も言ってから、急に笑い出し、そう言っちゃあ悪いけど、猫を飼うことにしたのは、やっぱり、美恵子も久美子（二つ違いの姉）も、年をとったということなのかなあ、とからかい気味に言うのだった。その時は、なんとなくムッとして、年齢には関係ないことだ、と思ったのだが、近頃では、やはり吉岡さんの言っていたとおりかもしれない、という気がする。

猫というものはまったくの他者で、ペットという以上に、別の生命として家で生活しているわけである。そういうものを受け入れられるようになったのは、確かに、自分のことをつい中心に考える若さと関係のある習慣にそれほど関心がなくなったせいかもしれない。

それからそろそろ一年が過ぎ、キジ柄の器量良しの仔《こ》猫は、キジ柄の器量良しの大柄な去勢猫に成長し（オス猫は絶対に去勢しなければ駄目《だめ》だよ、とその時吉岡実は言ったものだった）、膝の上で眠ることもあるが、私の膝というか、座った状態での太もも二本分の面積はトラーには狭すぎて、どうもまるで居心地が良くないらしい。「あぐら」をかいたとしてもである。私のからだが小さいというより、猫が大きすぎるのである。

それに飼い猫というものは、誰でもそうなのだが、あたたかく柔らかなところでからだを伸して「眠りこける」のが好きで、そういう場所を上手に見つけて少し口を開きピンクの舌の先をとがった歯の間から二、三ミリのぞかせて軽くイビキをかきながら、なんとも、いやはや気持良さそうに眠っている。「気持が和む」というべきなのかどうか、そのあたりのことは何とも言えないのだが、原稿を書いている途中で、眠っている猫を見に机

の前から何度も立つことは事実で、いろいろな格好をして眠っている姿を眺《なが》めては、「なんてまあ可愛いのだろう」とつくづく思ってしまうのだ。

「ペット」というものは、いったい何なのか、人間にとってどういう存在なのか、といったようなことを考えなくてはいけない、と思いつつ、考えることより「観察」したり一緒に遊ぶほうが面白いので、そうしている。眠ってばかりいるので「ネコ」、という俗説があるけれども、実際、猫は本当によく眠る。時には夢を見ることもあるらしく、ヒゲがピクピクしたり、伸した前肢の爪《つめ》をにゅうっと出したりしているのは、ネズミか鳥の狩りの夢でも見ているのかもしれないが、本当はそうではないかもしれない。

猫は眼をさますと、大きなアクビをして肢体を伸し、腰のほうを高く前半身を低く、前肢を踏んばるように伸してから、おもむろに、カーペットの上で爪とぎをはじめ、それではそのまま起きて活動がはじまるのかと思っていると、首を後にまわして背中の横あたりをペロペロ舌で舐《な》め、また大アクビを一つしてから、くるりと丸くなって眠ってしまう。

そういう態度を見ていると、眠りながら前肢を伸して鋭いカギ爪を出すのは、ハトやらネズミやらを捕獲する夢などではなく、実のところは、眼をさまして大アクビをした後、カーペットの上でバリバリと爪とぎをしている夢を見ているだけなのだ、という気もしてくるのである。

猫のトイレ

二十何年かぶりに猫を飼うことになった時、まっさきに思い出したのは、あの排泄物《はいせつぶつ》の臭気のことだった。昔の飼い方では、ほんの仔猫の時に、薄い杉板で出来た四六判の縦を少しつめたくらいの大きさのイチゴの箱に砂を入れてお便所を作ってやると、一時は律儀《りちぎ》にそこを使用したものだったが、少し大きくなって、ミカン箱をお便所に使いはじめる頃になると、すぐにもう、外で排泄することを覚えるので、使わなくなったイチゴの箱とミカン箱は、捨てたりなどしないで、つぎに飼う猫のために物置きに入れて取っておく。そうこうしているうちに猫が少し年をとって来ると、お腹《なか》をこわして下痢をしたのがきっかけになったりして、どこでもかまわず大便をするようになることがよくある。冬の寒い夜など、外に出て行くのは大儀だといわんばかりに、もぐって眠っていた人間の夜具からそろりと出て行って、そのままふとんの端の方に大便をし、砂を被《かぶ》せる要領で勢よく前肢でふとんをひっかくので、その音で眼《め》がさめると異臭に気がつく、というわけなのだ。

寒いのが嫌《きら》いで、夜中に大小便をしに外に出るのも億劫《おっくう》なくせに、二月ともなってさかりの季節になると、寒さも気にせず出歩き、毛並みもボサボサ、向う傷を耳や鼻に作って家に戻って来れば、家具や壁や障子に、さかりのオス猫特有の濃度の高い特別の臭気のするオシッコをひっ掛けてまわり、念には念を入れて石油ストーブの側面の金属板に、ピッ、と片肢を持ち上げて、かけしょんをしたりする。

家中に染《し》みついていた猫の排泄物の臭気にはある程度慣れてはいたものの、猫がオシッコをひっ掛けたとは知らずにストーブに火をつけ、側面の金属板が段々あたたまって来た時の強力な臭気については、思い出したくもないくらいだ。

半年前から飼うことになったキジ柄のオス猫のトラーは、いろいろと考えた結果、去勢手術をすることになり、そのせいで、さかりのオス猫が自分のテリトリーに念入りに濃厚なオシッコをひっ掛けてまわるスプレー行為、昔風の言い方でいうとかけしょんはしないのだが、去勢猫というものは幼児性が残るらしくて、今では五・一キロの成猫であるにもかかわらず、十二月に家にやって来た時に用意した猫用トイレで小用をする。

マンションで飼っているとはいっても、出入りは自由で、廊下の窓から二メートル程離れた隣の建物の塀《へい》に跳び移ったり、二階のベランダから一階の出窓の屋根づたいに庭に出て、近所の猫に追いまわされて、同じコースを逆に駆け戻って来たり、マンションの人間用の正式の入口から入って廊下に面した部屋の台所の窓から跳び込んだりして、大便の方は、現場を見たことはないものの、近所の空地の草むらで、なぜか小用だけは、脱臭作用と水分を固める性質のある猫のトイレ用の砂——見た目には園芸用の鹿沼土《かぬまつち》を少し灰色っぽくしてもう少し細かくしたように見える——通称〝猫砂〟を入れたプラスチック製の、一見したところ、台所で洗った食器を入れておく水切りカゴにそっくりなのに、一番安い物（W39×D39×H13㎝）でも二八〇〇円もするペットトレー（商品名）で足すことになっている。

　大便は外でしたほうが気持がいいらしいのだが、雨が長く降ると、濡《ぬ》れた地面に座り込んで雨に打たれながら用を足すのは気が滅入《めい》るらしく、便意を出来るだけ我慢した挙句、意を決した、という様子でトイレに行く。人間用のトイレのドアと洗面台が向いあわせになっていて、側面の奥に風呂場《ふろば》のドアと洗濯機《せんたくき》置場があるという、団地サイズの一畳分にも足りない洗面所兼脱衣所兼洗濯場のスペースは猫用トイレを置くと、人間用トイレのドアの開閉が困難になるくらい狭くなってしまう。ある日、トイレに入ったトラーが用を足した後、砂を掛けている音はしたのに、やけに長い間出て来ないで、そればかりか何かひきずったりしているような音や、何かそれ程重くない物がビニ・タイルの床に落ちたような音がするので、姉が居間と洗面所の間のドアを開けに立ち、ドアを開けたとたん、口に手をあてて声を出さないようにして笑い出した。

ドアのところへ行ってみると、砂がオシッコの塊でいっぱいになっていたと見えて、猫用トイレの外に大便をしてしまったのを隠そうとして、トイレ用のビニールのスリッパ一足分を、指の太さ程で七、八センチの二本の大便の上に咥えて落したのに、それだけでは充分とは思えなかったらしく、タオルのバスマット（湿っているのでかなり重くなっている）を咥えてひきずり、大便とスリッパの上にさらに被せようと悪戦苦闘している最中だった。バスマットを被せてしまうと安心したらしく、トラーはニャアと人の顔を見て鳴いて脚の間をすり抜け、居間に戻ってお尻《しり》を舐めはじめた。これもまあ、粗相の一つではあるのだろうが、こういった場合、猫の飼い主というものは、おりこう、おりこう、トラーはほんとにおりこうさんの猫だ、エライエライ、と頭を撫でてやって、ハイ、ごほうび、と人間の夕食用の平貝のお刺身をやったりするものなのだ。

それにしても、外に自由に出入りの出来る猫は、生後一年を過ぎるよりも前に、だいたい外で排泄をするようになるらしいから、去勢猫はやはり幼稚なのかもしれない。猫用トイレを置かずにすむと、洗面所はもう少し使いやすくなるのだが。

ところで、この用を足した後で、そのうえに土なり砂なりバスマットなりスリッパなりをかける動作は、猫に特有のものらしい。「猫往昔《むかし》虎《とら》に黠智《かつち》と躍越法を教へたが、特《ひと》り糞《ふん》を埋むる秘訣《ひけつ》のみは伝へず、これを怨《うら》んで虎今に猫を嫉《ねた》むとカンボジアの俗信ず」と南方《みなかた》熊楠《くまぐす》が『十二支考』に書いている。

「猫砂」というものは、いったいどういう仕組になっているのだろうか。探究心の強い小説家であれば調査してみるところなのだろうが、あれはいったいどういうわけで固まって塊になり脱臭効果まであるのだろうか、とふと疑問に思うだけで、猫を飼うことになって十一ヶ月間、疑問はそのままに、猫砂確保に頭を痛めていた。

　最初は近所のスーパーマーケットのペット用品売場で買っていたのだが、五キロ入りと十キロ入りの袋があり、十キロ入りのほうが割安にはなるが、とてものことにそれを持って七、八分歩くなどということはこの年になると出来ないから、五キロ袋を小型のリュックサックに入れて、それでも仔猫の頃は十日に一度買ってくれば間にあっていたのが、猫のからだが大きくなるにつれて——そして、仔猫というものは、一日ごとに目に見えて体重が増えて行く——お小水の量も増し、一週間に一袋、最終的にからだの大きさが成猫として決る一年目には、五日に一袋、という目安になった。

　池袋の西武デパートのペット売場でも、まとめて何袋か買うと配達してくれるのだが、ペット売場は天井が低く陰気で、屋上の薄汚れた遊園地に面していて、三十年前のデパート空間にタイム・スリップしたような造りで、おまけに、狭い檻《おり》のなかに入れられた成猫のアメリカン・ショート・ヘアや黒い日本猫が外に出たがって、人の良さそうな客に向って訴えるようにニャアニャア鳴きながら、檻の間に鼻面《はなづら》をこすりつけたり、差し出した指を舐めたりするのだから、陰々滅々とした気分になって、ヒッチコックがイギリス時代に撮った『サボタージュ』という見事な映画的空間意識を持った作品に登場する、汚ならしいペット屋を経営しながら、実は爆弾製造にたずさわるテロリストの一味や、悪質なペット業者の店から檻に入れられた動物を逃してやるドリトル先生の話を思い出し、とても注文しに行く気になれない。

　後藤明生はマンションの五階で猫を飼っていたことを書いていたが、猫が時々ふらりと散歩に出て、二、三時間すると戻って来て、マンションの部屋のドアの前でニャアと鳴くのでドアを開けてやる、といったあっさりした記述で、こういうのを読むと、そうか、猫のトイレの砂の世話だのなんだのは奥さんがやるから、視界に入ってこないのだろう、と思いはするのだが、しかし、マンションの五階で猫を飼っていて、どうして後藤は、猫のトイレのことを、一行も書かなかったのだろう〈註二〉！

　雨降って地固まる、とも言うし、植え換えを一年もおこたった植木鉢《うえきばち》の土はカチカチになっているし、三和土《たたき》のことを考えても、鹿沼土に似た、通称猫砂が固まるのに不思議はないようなものの、プラスチック製食器水切りカゴそっくりのトイレで、パン粉をまぶして、揚げられるのを待っているバットに入った特大メンチカツとでも形容したい楕円形《だえんけい》の塊を始末する時、ふと、これは何なのだろう、と考え込んでしまう。水分を吸収して瞬間的に固まる？　乾いた砂が水を吸い込むのは不思議はないけれども、なぜ、固まるのか。固まった猫砂は塊全体の表面に砂粒がフライのパン粉状にまぶされた状態になっているのだが、断面を見ると、なめらかな灰色の粘土様になっていて、臭《にお》いもほとんど残っていない〈註二〉。

　ほとんどの猫は、この猫砂が大好きらしく、そこが自分のトイレであることを何の疑いもなしにすぐに受け入れるらしいし、ビニール袋に入ったまだ開いていない猫砂をそこいらに放置しておくと、袋入りの状態であっても、前肢《まえあし》で砂をひっかける行動をとらずにはいられなくなると見えて、爪をたてて袋に穴をあけ、あたりを砂だらけにしてしまうものだから、この通称猫砂の中には、ごく微量のマタタビが含まれているのではないか、と言う人たちもいる。

　おまけに、この猫砂というものの値段が、売っている店によって実にマチマチであることにも驚かされる。スーパーマーケットおよびデパートや普通のペット用品屋では、五キロ入り一袋が一一〇〇円から九八〇円というところなのに、私の家から少し離れたペット用品ディスカウント・ショップでは五八〇円だったりする。一一〇〇円で売っている店では配達をしてくれるのだが、五八〇円で売っている店では配達に応じてくれない。五二〇円の差を我慢して配達してもらうか、五キロの荷物をかついで三十分歩き、これを運動不足解消とも考えて、五二〇円安くすませるか、あるいはタクシーに乗れば四七〇円だから、それだってスーパーマーケットで買うより五〇円は安い、などとあれこれ考えていると、なんとなく虚《むな》しい気持になるのも確かで、ようやく、トイレを部屋に置かないようにすれば、トラーは――大便は外でするのだから――オシッコも外ですませるようになるのではないか、と気がついたのだったが――。

　散歩の途中、空地の草むらのなかで、前肢を突っぱるようにして首を伸し、いくらか緊張の面持《おももち》で耳も立て、尾をやや上方に持ちあげて腰を少し浮かせ気味に座っている猫を見かけるが、それは排泄行為中の猫である。離れたところで何気ないふりで見ていると、人の気配が気になって落着かないらしく、そそくさと用を足し、あわただしく前肢で土をかけて、素早く優美な動きで、近くの塀に駆けのぼる。

　新聞をにぎわせている住友銀行とイトマンの地上げ商法のせいで、私の住んでいるマンションのあたりには、複雑な経路を経て何年か前からサラ地になっている土地があり、そこが近所に住んでいたり飼われている猫たちのトイレになっている。どうやらトラーもそこを大便に使用しているらしいのに、なぜかオシッコだけは自分の専用トイレですること

に決めて、特大メンチカツ状の塊を一日に二、三個つくる。雨降りの日以外に専用トイレで大便をすることがあるのは、近所のおっかないオス猫がさかりになって界隈《かいわい》をしきりに歩きまわる時と、エビの食べすぎでお腹《なか》を下し、外に行くのが間にあわない時に限られているらしい。

近所のおっかないオス猫は、人間の眼から見れば、ただのデブで肢の短い黒トラの図々《ずうずう》しそうなブスの飼い猫で、あまり太っていて顔がまん丸くなり、そのせいで眼が猫にしてはやけに小さく見え、顔の横にある黒いシマ柄《がら》が眼鏡のツル然としているものだから、姉が「カイコーケン」と名前をつけ、そんなに太ってたんじゃあ、猫だから小説を書けないのは当然にしても、サカナどころか、蚊一匹さえもつかまえられない、と悪口を言うのだが、どうやらトラーは「カイコーケン」が大の苦手で、その猫が私たちの住んでいるマンションの庭に出没すると、すっかり落着かなくなって大便も専用トイレですませることになる。

これはどう説明したらいいのか、かなり難しい気もするのだけれど、トイレの掃除はなんとなく面白いのだ。専用のスコップは余分な砂が落ちるように穴があいていて、それで特大メンチカツ状のものや、大便のウィンナ・ソーセージ状の塊をすくい取るという作業は、やってみなければわからないのだが、砂遊びに近いような楽しさがあるような気がする。それは私も姉も一様に認めていることで、トラーが大便を外でするようになった時、なんとなくつまらなく感じたくらいで、からだの割にはやけに太くて大きいウィンナ・ソーセージ程の大きさの大便の塊を砂のなかからスコップですくいあげ、ほんとにもう、トラーのうんこは凄《すご》いんだから、などと一人言をいいつつ、いそいそしてしまうのは、もしかすると、他人から見れば、抑圧されていた母性的傾向の発露を楽しんでいるように見えるかもしれない、猫のおかあさんに見えるかもしれない、と秘《ひそ》かに怖れてはいたし、実際、それを耳にするとうんざりしないわけでもないのだが、猫医者の若い看護婦さんなどは、私たちのことを「トラーちゃんのおかあさん」と呼ぶのである。しかし、人間には性差を超えて「お世話本能」というのがあるのではないか、という気もする。

　どっちみち、トラーには「ぜいたく」をさせるつもりである。猫も年をとるとボケがはじまるということがあって、子供の頃に飼っていた時の経験から推し量ると、どこが「トイレ」なのかわからなくなり、座ぶとんやら脱ぎっぱなしで置いておいた服の上に、柔わらかい便をして、そのことにさえ気づかずに下半身を糞《くそ》まみれにして寝ていたりするようなことになりもする。そういう事態まで考えて猫を飼うわけではないのだけれど、いずれにしても飼い主よりも早死することの確かな動物を飼うと、ついつい、「トラーが死んだら」ということを考え、「トラーが年をとったら」ということを考えてしまいがちだ。

猫砂というのは、いったいどういうものなのだろう、と調べもせずに、つい、猫がいつかは「死ぬ」ということを考えてしまうのは、別に私にウツ的傾向があるからではなく、知りあいの猫好きの老婦人が、この年になると猫より自分が先に死ぬことがわかっているので飼えない、と言っていた言葉が印象的だったからだ。いずれは、私たちもそう考えて猫を飼わないと決める日がやって来るわけだが、それまでは自分たちの猫が死ぬのを看取《みと》らなければならないわけである。

トラーは一年と五、六ヶ月の成猫なのに、なぜかトラーが死ぬ夢を見たことがある。夏の最中で、なぜか、ドライアイスを買ってこなければ、と思うのである。

〈註一　その後で『行き帰り』(昭和五十二年)を読んでいたら、その頃はまだ「猫砂」は一般的ではなかったらしく、海岸や河原の砂利が手に入らないので新聞紙を「最初二つ折りにして、それを縦に短冊《たんざく》のように裂い」て三センチ程の短冊になった「それを今度は、横に小さくむしって」「砂だらい」に入れて古新聞の便器を作ることが書かれている。そして「わたし」はむしっていた古新聞の「多発するネコの神経症状」「複合汚染の新公害病?・」「魚に含む水銀、ＰＣＢ、ＤＤＴ」などという記事から、猫カンをやめて「これからは、同じ物を食べることにしようじゃないか」と家族に提案する。その前に飼い猫のナナが、夜中にダイニングキッチンの床にまるで死んだように倒れていたことが思い出されたからである。毛が虎で「喉《のど》のところは白いマフラーのように見え」「四肢《しし》の先は白いソックスのように見え」るナナについてだけではなく、『行き帰り』という小説について書いてみたいことが――主に時間と場所の交錯する小説的空間について――あるのだが、ここはその場所ではあるまい。ところで、ナナは「毛が虎」と書かれているが、その少し先で、「黒い鼻」「薄黒い一本の線に見えた口」と書かれているから、赤トラではなく黒トラであることは間違いないだろう〉

〈註二　その後、女性誌を読んでいたら、「ペットと一緒に美しく」という記事があり、いわゆる猫砂はパックに使用する粘土《クレイ》と同じもので、猫砂をブレンダーで細かく砕き、さらに乳鉢と乳棒でなめらかにしたものを水で溶かしてお顔に塗れば「とても安上りなクレイ・パックの出来上り」と書いてあった。パックだけでなく、陶器も作れるかもしれないし、粘土の塑像《そぞう》も当然、「猫砂」で作ることが出来るわけである〉

ラブド・ワン

夏の暑い盛りにトラーが死んで、葬式の前にとにかく遺体を入れた箱に入れるドライアイスを近所のチーズ屋かアイスクリーム屋で買ってこなければいけない、と思っている夢を見たと言うと、姉は、大丈夫、ドライアイスを買いに走らなくても大丈夫、と確信ありそうに答え、冷凍庫に入っている食品を全部出せばトラーは入れられるし、それに何も冷凍庫じゃなくて、冷蔵庫に入れておいてもダイジョブだと思う、と明言するので、私も、ああ、そうだったか、と安心し、とりあえずビニールかなにかで包んで、そうじゃないと冷蔵庫が毛だらけになるからな、と思ったのだった。

なぜ、真夏の遺体にはドライアイスが絶対必要だという夢を見たのか、その理由ははっきりしていて、その夏、知人が急死し、病院から戻った故人の家へ行くと、故人と古い知りあいの会社重役が、遺体の安置されている部屋で大汗をかきながら立ち上って、突然、葬儀会社に電話をし、冷房を入れても人いきれで部屋がひどく暑くなっているから、遺体の傍《かたわ》らに置いておくドライアイスの替えを早く持ってきてほしい、と言っているのを見て、ある種の会社重役になるような男というものは、馬鹿《ばか》なものだな、葬儀屋にまかせておけばいいことを、グチグチと、とアホらしく、いささか無気味でもあったのが記憶にあり、猫《ねこ》が死んだ、かかりつけの猫医者に連絡すれば、葬儀屋なりなんなりはわかるだろうけれど、とにかく遺体保存のドライアイスはアイスクリーム屋かチーズ屋で、という夢になったのである。

　そもそも、迷い猫だったと思われるトラーが家にやって来た当初、ポスターを作って、五十枚近くも近所の電柱や掲示板やペットフード屋の店頭に張り、飼い主からの連絡を待って十日がたち、二週間がたち、いよいよこれは家で飼うことになるのだろうなあ、と思いはじめたある日の夕方、買物をおえて出てきた目白通りのピーコック・ストア前の信号のところで、渋滞している車のなかに一台の黒いリムジンを見たのだった。

　運転手は黒の制服制帽で、後部座席には姉妹のように見える白髪の老婦人が二人、洋装の喪服――略式ではなく帽子つきの喪服――を着て座り、その後部の台座状の場所に、タンス一段分ほどの大きさの、白い布を被《かぶ》せた箱と、白と黄色の菊の花束が見え、簡素な霊《れい》柩車《きゅうしゃ》だな、と思った後で、お棺の大きさと老婦人二人だけという組みあわせから、これは、ペットの老犬か老猫《ろうびょう》が焼場に向うところなのだ、と気がついた。それ以外のいったい何だろう。二人の老婦人は、一人は背が高く、一人は小さい、というところもうちの姉妹の大きさの格差に似ていて、その後、その光景を思い出してみるたびに、あれは「夢」だったのではないかという気もする。これは、老嬢の姉妹二人が老犬か老猫と一緒に焼場に向うところだ、と理解した瞬間、連想というものは、当然、未来の自分たちとトラーの姿と重なり、これはもう、やっぱり家で飼うことになり、やがて葬式を出すことになるだろう、という「予言的光景」に映じたのだった。

いったん、飼うと決めてしまえば、飼い主の連絡を待つということから解放されて、気は楽になったものの、尾っぽは中途《ちゅうと》半端《はんぱ》な長さでオシャモジのような形をしているとはいえ、顔立ちとスラリとはしているけど骨格のしっかりした肢体《からだ》つきがケイリー・グラントに似ている（姉の意見）、眠そうな顔をしている時はむしろジョン・ウェインに似ている（私の意見）、廊下を全速力で走り回っている姿はあたかも『黄色いリボン』でモルガン種の馬を疾駆させるベン・ジョンソンのように勇壮で胸が躍る、と可愛《かわい》さはつのるばかりで「歯どめ」というものがきかない。

雑種のキジ柄の猫について、ケイリー・グラントだ、ジョン・ウェインだ、と言っているのは、はたから見れば、ずいぶん滑稽《こっけい》というかみっともない溺愛《できあい》ぶりに見えるだろうとは、重々承知しているものの、でも、似ているものは似ているんだからしかたがない、と平然と居直ってしまう始末である。

　トラーも、やがてはラブド・ワン《愛された者》になることはわかりきったことなのだが、最初からそう考えてしまうところが老嬢的精神というもので、無意識半ば意志的傾向半ばで、愛しているものを失うことのショックを、そうやって先取りして、チビチビ小出しに考えておけば、その時になって、ショックとまともにドッと一ぺんに遭遇せずにすむのではないか、と考えているのかもしれないとすれば、相当に困った傾向である。しかし、そういう精神のあり方では、「他者」とついに遭遇することがないではないか、と言われたら、フン、と答えることにしてやろう。

三味線の皮に使用するのは、発情期を経験する以前のオス猫の皮が望ましいのだそうである。三味線の製造法については、この際深く考えるつもりはまったくないのだが、なぜ発情期を経験していない童貞猫が三味線に適しているか、という理由は、オス猫を飼った経験のある人ならすぐに納得が行くはずで、さかりの時期ともなると、たいていのオス猫は、ひっかき傷と噛《か》み傷をこしらえて、気の強い猫なら向う傷を中心とする傷――、耳をギザギザに噛まれたり鼻をザックリやられたり眼の縁に爪《つめ》をたてられたり――と上半身というか前半身に傷を負って帰宅するのだが、初めてのさかりを経験するオス猫は体力も気力もないものだから、敵から逃げようとした後向きの時に、噛まれたりひっかかれたりすると見えて、後半身に傷を負うことになる。

トラーは最初のさかりのちょっと前に去勢手術をしたので、さかり方面に関していえば、いわば「短い青春」という表現をつかえなくもない。発情期に関係なく、毎日鼻唄《はなうた》まじりのフン、フン、フン、フフン、フフン、という調子のリズムの脚どりで散歩に出かけ、たいていの場合、長くても四、五時間、普通は一、二時間でニャア、ニャア鳴きながらゴキゲンにお腹《なか》を減らして戻ってくることになっているのだけれど、時々、凄《すご》い勢で台所の窓から跳び込んで、そう広くもない部屋を直線にズダダダダッと走ってテーブルの下に駆け込むことがある。

　そういう時は、先が鉤《かぎ》の手に曲がった十五センチ程のしっぽは、ビン洗いブラシ状に逆立って、通常の太さの四倍くらいになっているし、ヒゲも緊張のせいでピンとなっているものだから、鼻の下のヒゲの生えているポツポツと黒い毛穴も開いて、むろん、眼《め》もまん丸くなっているし、背中の毛並みの背骨にそった部分も逆立って、多少オーヴァーに言うとアンギラスの背中のギザギザ風になっている。こういう時は、近所のボス猫で、ふぐりの大きさがアメリカの輸入品の赤黒い色のサクランボの周囲に柔毛《にこげ》を生やしたくらいもある「カイコーケン」か、同じ黒トラ柄で眼の青い「少し美男」（「カイコーケン」より少しだけ美男の猫）に脅されたのに決っていて、ベランダに出てマンションの庭を見ると、「カイコーケン」か「少し美男」が図々《ずうずう》しくわが物顔に池の水をペチャペチャ舐《な》めていたりする。トラーはというと、テーブルの下で、前肢《まえあし》をきちんとそろえ後肢を畳んだ低い姿勢の少し緊張気味の座り方をしていたのが、まるで何もオッカナイことなどなかったというふうにしらばっくれて、帆かけ船のように後肢をあげ、前肢を開《ひろ》げて両側に伸しからだを支えながら、お腹の毛を舐めている。しばらくからだを舐めてから、なんとなく、ふと、ベランダに出たくなった、という態度でブラブラとベランダに出て、幅が十五センチ程のコンクリートのベランダの柵《さく》（柵という言葉でいいのだろうか？）の上という安全地帯に座って、二階上から庭の猫を見張っている。去勢をしていなければ、自分のテリトリーであるマンションの庭のあちこちに、いわゆる「かけしょん」のマーキングをするところなのだろうが、生憎《あいにく》、トラーは小用のためにあわてて自分の専用トイレに駆け戻ってくる、躾《しつけ》の行きとどいた去勢猫だから、テリトリーと呼べるほどのものも持っていないのかもしれない。

　さかりの時期でなければ、事はその程度ですみ、すまなかった場合は、ボス猫コワサにどこかの庭の片隅《かたすみ》に身を潜めて隠れたまま一日か二日帰ってこられないということになるのだが、猫の恋の季節ともなると、非去勢猫たちは発情して気が荒くなっているらしく、フン、フン、フン、フフン、フフン、とそこいらをブラブラ単に無邪気で無意味な散歩に出てきた去勢オス猫にも容赦なく嚙みつくらしいのだ。

　メス猫を争って耳の先を半分も喰《く》いちぎられ、血を滴《したた》らしながら家に戻ってきた猫も飼っていたし、あれはどう見ても、メス猫に嫌《きら》われて鼻面《はなづら》をひっかかれたのではないかと

しか見えない猫も飼ったことがあるけれど、去勢したオス猫が、こんなにケガをするものとは知らなかった。

ケガをすると、ひっかき傷くらいなら薬を塗っておけば案外簡単に治ってしまうのだが、深い噛み傷の場合は、やはり猫医者に連れてゆくことになる。猫医者で化膿《かのう》どめの注射をして傷口に薬を塗ってもらい、はしたないから金額は書かないけれども、しかるべき金額を払い、かれこれ十日も通うことになるだろうか。代金を払いお釣《つ》りをもらうたびに思い出すのは、溝口《みぞぐち》健二の遺作『赤線地帯』（一九五六年）の木暮実千代のことだ。『赤線地帯』の木暮実千代は、肺病の夫と子供を抱えて生活苦から通いの売春婦になるわけで、当時の肺病の特効薬ストレプトマイシンの値段の高さが台詞《せりふ》で語られる。それ程ではないにしても、つい、それを連想する程の、馬鹿《ばか》気た値段ではあるのだ。

猫貯金

猫を飼うこと、というか、飼うはめになった時、近所に住む猫好き一家の奥さんが、そんなら、美恵子さんも久美子さんも猫貯金をしなきゃあ、と言うのだった。なによ、それ、と訊《き》くと、なにしろ、かかるのよ、一度猫医者にかかるとなると、健康保険はないし、なにかと費用が大変で、目白通りで喫茶店をやっていた家などは、猫のかかりのために喫茶店より儲《もう》けの良いクリーニング屋に転向したというし、別の家では飼い猫が肝臓病で入退院を繰りかえし、結局、大学病院で心不全のため死んだのだけれど、はっきり言って、費用はかかったはずだわよ、などという情報を伝え、だから金井さんたちも、トラーのために貯金をしておいたほうがいい、と言うのである。

まして、とその奥さんは確信たっぷりに、黒トラの猫は、柄《がら》を見てもわかるように猫のなかでも一番山猫に近いし、野性を残しているから、そのせいで向うっ気が強いからケンカのやり放題でケガが絶えない、とはいえ、黒トラの猫は野性味を残してそれでいて人なつこいから、なんといっても猫のなかでは最高に可愛い、と断言するのだった。

　トラーが同じ黒トラ柄の猫に追いつめられて、庭石の陰で丸くなっていたのを目撃したことのある身としては、黒トラ猫が野性的で向うっ気が強い、ということは信じられもするが信じられないようでもある。その時は、庭で猫の鋭い悲鳴とうなり声がするので、あわててベランダに飛び出してみると、猫が庭石の陰の濡《ぬ》れた黒っぽい割れ植木鉢《うえきばち》のような妙なシロモノに向って、威嚇《いかく》の姿勢で背中を丸くふくらませ、毛を逆立て短いしっぽをピンと立てて、フウーッ、とうなり声をあげているものだから、なんて馬鹿な猫、と思い、トラーちゃん何してるの、と声をかけると、濡れた割れ植木鉢がこちらを見上げて走り出し、もう一匹の方は反対の方向へ走り出し、濡れ植木鉢が台所の窓から跳び込んで来たのだった。実は、濡れ植木鉢のように見えた妙なシロモノはトラーだったのだ。

　そういう猫だから、弱い猫特有の逃げの態勢の時に嚙まれる後半身のケガが冬の間は絶えない。猫の歯は、なにしろネズミや鳥の骨をバリバリ嚙みくだく程のもので、体力気力とも充実した壮年期のオス猫ともなると、黄色く変色した犬歯など、箸《はし》の先端くらいあるのではないかと思えるていのもので、三味線の皮になる程丈夫なさしもの猫の皮も、ブッリと穴があく。血だらけになって嚙み裂かれるという本格的なケンカはさすがに去勢猫相手にはしないらしいのだが、丸い歯の嚙み跡は大きいとはいえ小さいし毛に覆《おお》われているからとても発見しづらく、飼い主は傷に気づかずにいて化膿したりもする。猫《ねこ》医者は、こういった嚙み傷は人間でいえば打撲症のような痛みがある、と言うのだが、マッチ棒の頭大の傷口を消毒して化膿予防の注射をして、はしたないけれども、文芸雑誌の原稿料一枚分に匹敵する代金（猫の医者代としては高いけれど、原稿料としては安すぎる）を、一週間か十日、運悪く傷口が化膿した時は二週間から二十日も払いつづけることになると、そういう飼い方をしているのだからしかたがないとは言え、去年はバーゲン・セールで新しいジャケットを買うのをあきらめたが、今年の冬は「猫貯金」のおかげでようようしのげた。

溝口健二の『赤線地帯』で木暮実千代は気弱なインテリ風というか勤め人らしい肺病の亭主と病気がちの子供を養うために通いの売春婦をしている主婦で、女学校も出た中産階級の女性なのだろうが、自分の不甲斐《ふがい》なさに、まさしく不甲斐なく絶望して、首吊《くびっ》り自殺をしようとする亭主に、あんたは何にもわかっていないのねえ、自分は生きて生きぬいて文化国家の日本の行くすえを見とどけてやる、と叫ぶのだが、文化国家の行くすえは、この通りである。世帯主に七割給付の国民健康保険制度が実施されたのは、その七年も後の昭和三十八年十月である。

そういう文化国家では、今や、文芸雑誌の原稿料一枚分にも匹敵するペットの猫の医者代のために貯金をする小説家がいるのだ、と考えると、ふと、なんとも虚《むな》しい気持になるのだが、確か昭和二十七、八年に書かれたはずの内田百閒の『ノラや』で百閒は、ノラと呼ばれる猫に、新鮮なアジのたたきや普通の牛乳の四、五倍もする値段のガンジー牛乳に卵の黄身をまぜたものを与えていたのだし、『クルやお前か』の主人公である二匹目の愛猫クルには、青い魚は猫には毒だと医者に言われたので（これは本当。私たちも猫医者に確かめたのだが、アジやサバといった青い魚は尿道結石の原因になる成分が含まれているそうだ。もっとも猫用カン詰のアジはその成分が取り除いてあるとのことだ）、ヒラメやカレイの薄造りを与えていたし、谷崎潤一郎の『猫と庄造《しょうぞう》と二人のおんな』の甲斐性なしの庄造は新鮮な小アジの南蛮漬《なんばんづけ》を作り、味付けの酢と醬油《しょうゆ》を口で吸い取ってからリリイに与えるのだが、これは小説の中のことで、実際に谷崎が飼っていたペルシャ猫にはもっと贅沢《ぜいたく》な食物を与えていたのに違いあるまい。

　小説家などというものはどうせ小説家なのだから、猫には贅沢をさせ、もとよりナイチンゲール的性格傾向があるわけでもないのだから、どう手あてするのかもわからないし、ケガをしたら医者につれていき、高い、と思いつつあきらめるという、利己的生活をしていればいいか、という気がしないでもない。

　一月の上旬、後肢の内側を嚙まれた深い傷のせいで、四日間何も食べられず寝返りもうてなかったトラーは、一ヶ月たって、ようやく散歩に出られるくらいに回復したが、身動きの不自由だった一ヶ月の間にすっかり幼児退行してしまったらしく、仔《こ》猫時代のように、私が原稿を書いている机に座り、書くのにつれて動くボールペンにじゃれつく始末だ。五・五キロの猫が、ボールペンのキャップに噛みついてガチガチ歯をたてるので、キャップは穴だらけですっかり変形してしまうし、凄い力が加わるので「エクリチュール」はなにかと滞る。

猫は何を食べるか

猫は何を食べるのか、というのは、もちろん大問題ではないのだが、飼い主にとっては毎日の厄介《やっかい》な頭痛の種である。新聞の投書欄では、二年か一年に一回という程度の割合で、「ペットのエサは、やるのかあげるのか」という言葉づかいが論争の種になるのだがオールド・ミス二人暮しのわが家では、エサなどという言葉さえ使わない。

文芸雑誌を読んでいると、ある種の書き手が別の種類の書き手に向けて挑発《ちょうはつ》的な文章を書いていることがあり、それに対して何の反応もおこらないと、せっかくエサをばらまいているのだから、喰いついてやるのも芸のうちではないか、と思ったりするのだが、そういう下品な状況ではエサという言葉を使用するものの、トラーの食事に関しては、「トラーちゃんの御飯」である。中国の広州地方では猫を食用にするので、市場の猫肉屋では毛をきれいに剃《そ》られ、猫というものは毛がなくなると、こんなに細長くなるのかなあ、という奇妙なシロモノになって店頭に吊されている写真を見たことがあるが、そういった土地では、「トラーちゃんの御飯」と言った場合は、トラ柄の猫肉が今夜の御飯のおかずだ、ということを舌たらずな幼児言葉で言っているようにきこえるかもしれない。

　ところで、動物医者というかペット医学の専門家の書いた猫の飼い方の本を何冊か読むと、「ペットは家族の一員」だから「あきたり、子供が産れたといって、捨てたりするのは論外」と書いてあるのだが、それはやはり間違っているとしか思えない。ペットは「家族の一員」どころか、「家族の中心」なのである。実に驚くべき様々な面倒な世話のしかたが述べられ――シャンプーする時は耳に脱脂してない綿をつめ、目薬をさしておく、といった類《たぐ》いの諸々《もろもろ》の注意――読んだ者のほとんどが猫を飼う自信を失う記述が続くのだが、一番びっくりするのは、猫の食事の項目である。シャンプーの手順などは守る必要もないし、第一、近くの池にでも落ちて、池の底に溜《たま》ったドロにまみれて戻って来たりする時くらいしかトラーを洗うことはないのだが、食事は何にしても毎日のことだ。たいていの猫医者はペットフード業界とかなり濃密な関係にあるらしく、「理想的な食事」として、固形のドライフードか、かんづめを推し、人間と同じ物を食べる習慣がつくと健康上の問題を生じやすい、と書くのだが、猫の専門雑誌によく広告の出ている、猫用ケージと呼ばれるオリに入れ人間の生活空間とは別の空間にオリを設置してでも飼わないかぎり、キャッツフードだけを与えて猫を飼うのは不可能ではないだろうか。また、猫医者は、オリで飼っている場合でも猫には狩猟本能があるから、エサを与える前には充分運動もさせ、「自分で捕獲した気分を味わうことが出来るようにさせましょう」とも書いているのだが、そうした、どちらかと言えばアホらしい気がしないでもない猫の飼い方もあるらしい。

猫用ドライフードというものは、フスマを主体としたビスケット様のものに、各種栄養分と猫好みのエビ、カツオ、ノリ、といった食品の風味をまぶした小さなコロコロしたかたまりで、はっきり言って、まずいものであり、人間の食物の何に一番似ているかといえは、以前、王貞治《さだはる》がＴＶコマーシャルに出ていた「カロリーメイト」のビスケット状のものに似ている。もっとも、「カロリーメイト」が人間の食物と言えればの話だが。

猫のエサは、昔は猫御飯と称してカツブシを混ぜた御飯ということになっていたらしいけれども、猫は犬と違って穀物をすりつぶす臼歯《きゅうし》がないから、本当のところは御飯を食べてもよく消化できないはずだし、ビスケット状になっているフスマなど食べさせる必要はない、というのが私と姉の共通の認識で、そこまでは、別に苦労の種になるようなことでもないのだが、飼い主たちが苦労するのは、猫の食物の好みのあきっぽさと、昔、シオジャケのことを猫またぎと称したことからも推量される、新鮮な魚に対する偏《かたよ》った好みである。

トラーは、冷凍のマグロの刺身には見むきもしないし、目白あたりの魚屋で買った養殖のカツオも平目も鯛《たい》も食べない。かんづめのキャッツフードは、いくつかの銘柄の物を食べることは食べるのだが、一かん開けて開けたての物の半分程を食べ、三、四時間たって与えても、鼻を近づけて匂《にお》いをかぐだけで口をつけようとはしない。これは、だいたいどの家の猫にも共通する癖らしく、飼い主をうんざりさせずにはおかない。飼い猫などという存在は、どう考えてもエコロジストの敵ではないのだろうか、という気持になって、カンと残りの中身を捨てているかたわらで、トラーはティッシュペーパーを盛大に箱から引っぱり出して遊んでいる、というわけである。

　御飯にカツブシをかけたのを縁の欠けたお皿か、縁が欠けていないまでも、半端《はんぱ》になった揃《そろ》いの食器に盛る、というのがごく常識的なエサだった時代には、もともと穀物を食べるための臼歯を持っていない猫たちは、本来が狩猟動物なのだから、もちろん、自主的に肉類を捕獲していたわけで、おいしいエサを与えすぎるとネズミを捕らなくなる、などと言ったものである。好みの動物性タンパク質のエサを充分に与えられた猫も、まったく捕らなくなるわけでもないのだが、食糧捕獲というより、むしろ腹ごなしのスポーツとして狩猟を楽しむといったふうの貴族的態度というか、猫のスノビズム的傾向があらわれるわけだ。

大喜びでガツガツ食べるのをいいことに、クール宅急便で北陸から取り寄せるカワハギやカレイ、キスやタラ、タラの白子、生ガキなど、スーパーマーケットの魚売場で売っている物のなかでは、アオヤギ、タイラ貝、大正エビ、車エビ、タイガー・エビといった類いの物を与えているうちに——こんなに好きなんだもの、魚を一番好きなヒトが食べればいいよね、と私と姉は言いあう——トラーは体重六キロの、去勢はされているとはいえ体力の充実した若猫になったから、そういう猫の通例として、しきりとスポーツを楽しむようになった。

　知人の家で飼っている五歳の大きなオスのカラス猫は、仔猫の時分にはチビで全身が（肛門《こうもん》の周囲の毛が白いのを除けば）まっくろなので、あの黒人差別問題で書籍界から姿を消した「ちびくろサンボ」から名前を取ってサンボと名付けられたものの、サンボというのは三文字で、猫の名前は二文字のほうが呼びやすいし、それに人聞きもあまりよくないかもしれないというので、サンちゃんと普段は呼ばれているのだが、彼の場合は飼い猫とはいっても、近所のあちこちのメス猫に子供を産ませ、順繰りにあちこちの妻子の面倒を見にまわらなければならないという生活をしているので、野生のオス猫的性格が強いらしく、スポーツというより食糧捕獲の目的で狩猟をする。妻子を保護する野生的オス猫をやっていない時のサンちゃんは、トリのカラアゲとモンプチという銘柄の猫用カンヅメの舌ビラメアンドエビが好物の、おとなしそうに見え、柄に似合わず可愛《かわい》らしい鳴き声を出す猫なのだけれど、子育ての最中には、近所の家の台所からコロモがついてまだ揚げていないで置いてあったカツや魚の切り身を咥《くわ》えて（ようするに、ドロボー猫となって）妻子のところへ運び、ハトを獲《と》っては、二本の脚と大量に散らばっている羽を残すのみで食べてしまう。体力と気力の充実したオス猫というのは、どうやらそういったものらしく、長いまっ黒な尾をピンとそり返らせて、紀州の梅ほどもある黒い短毛で覆われたふぐりと、肛門の周囲の白い輪を見せながら、ゆっくり歩いているサンちゃんの堂々たる姿を見ると、家のトラーなどというものは、ほとんど仔猫も同然だと思われる。

　仔猫同然とはいっても、体重は六キロあり、太っているというよりからだ全体が大柄で人間でいえば背が高いというタイプのトラーは、小はトカゲ、セミ、中くらいのところでネズミ、スズメ、大物ではハトを獲るスポーツに夢中になる。そういった獲物を口に咥えて台所の窓から入って来るのには正直言ってうんざりで、よく世間では、猫が飼い主に獲物を見せに来る、という言い方をするけれど、これはむろん飼い主の思い入れを反映させた言い方にすぎず、見せに来るのではなく、自分の安全な巣に獲物を運び込むだけのことだろう。

　経産婦で避妊手術をした猫の場合は、仔猫がいなくなった後でも、仔猫を教育しなければならないという本能で、どうやら飼い主を自分の仔猫の代替物にしてしまうらしく、教育目的でもって半殺し状態のネズミやスズメ、コウモリ、モグラを咥えて来て、こういう具合に爪《つめ》を使いなさいと手本を示し、さあ、お前もやってごらん、という顔付きで飼い主を見上げたりするものだが、そうした場合はなおさら、見せに来る、という言い方はふさわしくあるまい。見せに来るどころか、狩猟の初歩的基礎を代替物としての仔猫にみなしている飼い主に学ばせるために咥えて来るのである。

　大きな獲物を口に咥えると、ヒゲの生えている鼻の下というか上唇《うわくちびる》のあたりが鼻を中心にして8の字を横にした形でぷっくりとふくらみ、ヒゲの毛穴がひろがって黒々としたポツポツが目立ち、眼《め》はらんらんと丸くなって、なんとも奇妙な顔になるのだが、そうやって捕獲した獲物を、トラーが食べるつもりがあるのかどうかというと、まずそういうことはない。なぜかといえば、捕えては来るものの、たいていの場合、ハトやネズミに逃げられてしまうからで、逃げられた後で一応ウロウロとさがしまわったあげく、ニャア？とこちらの顔を見て一声鳴き、しばらくするとからだを舐《な》めはじめるし、首尾よくしとめた場合でも、獲物はそのままにして、御飯をねだって鳴くからである。

眠り猫

猫が眠っている姿を見ていると、王殺しの後、悪夢によって眠りを奪われたマクベスの台詞《せりふ》を思い出す。マクベスによれば眠りとは、「罪を知らぬ眠り、心労によって乱された錯綜《さくそう》を整理してくれる眠り、日々の生活の静かで穏やかな死、激しい労働に与えられる湯《ゆ》浴《あみ》、病める魂の慰め、自然の守護の法則、人生のいこいの饗宴《きょうえん》の主食」なのであるが、このような最大級の讃辞《さんじ》のつらなりの言葉を思い出してしまうほど猫は実によく眠る。

「心労」と「病める魂」はともかくとして、「激しい労働」に関しては、どうも「遊び」とまぎらわしいというか、むしろ「遊び」そのものなのではないかとも思われる節が多いものの、猫的興奮に満ちたスリリングな冒険の連続であったらしい外出から戻ったトラーは、まさしく「激しい労働」に疲れ果てたといった様子でうつむき加減にゆっくりと歩き、専用毛布の置いてあるお気に入りの寝場所まで行くのも大儀だといわんばかりに座り込むと溜息《ためいき》（胸のあたりがふくらんで柔らかい毛が微《かす》かにふるえるので、それとわかる）をついてどたりと四肢《しし》を投げ出し、そのままの恰好《かっこう》で欲も得もなく眠りこける、というのは、なるほどこういうものか、といったふうにイビキをかいて、熟睡する。

高度成長期に工事現場で働いていた肉体労働者が時間外労働の後で焼酎《しょうちゅう》をひっかけて飯場に戻って眠りこけちゃうみたいに眠る、と飼い猫コジロー（黒トラ・オス・三歳）について詩人の筏丸《いかだまる》けいこさんは言っていたけれど、猫というものは、「激しい労働」をしてきたのかと思わせるような眠り方をするのである。

トラーの一日の行動の大半は眠ることに費されているように見える。日に何度か一、二時間程の散歩をし、ニャアニャア鳴きながら戻って来ては、ゆでたエビのおやつを食べ、からだを舐めてからまた出かけ、夕方近くに戻って来て御飯を食べた後で明け方まで本格的に眠る、というのがトラーの平均的な一日の過しかたである。季節や天候や気温によって行動のパターンはいろいろ変化することはするが、狩りやらケンカやらの遊び＝労働をやっているわけでもなさそうな日々にトラーは外での時間をどう過しているか、というと、これは様々な証拠から考えて、どこかで眠っているらしい。

買物の途中に通る道筋に面した家のそこここの屋根や軒下、塀《へい》の上、庭の片すみの草むらなどで、かならずしもその家の飼い猫ではない猫たちが、丸くなったり伸びたりしてぐっすり眠り込んでいるのや、お香箱を作ってうつらうつらしているのをよく見かけるし、外から戻って来たトラーは、ついさっきまでどこかで眠っていたとみえて耳が熱くなっているし、部屋に入るなり前肢《まえあし》を大きく伸して踏んばり、大アクビをしてからだを舐めはじめたりもする。暑さにつけ、寒さにつけ、気候がよいにつけ、何回もの昼寝を繰りかえし、夕方から夜明けまでは、多少の物音などでは眼をさましたりなどしない本格的な睡眠をとる、というのがどうやら基本的なトラーの生活のように思われるのだが、昼寝と散歩の繰りかえしの間のある一定の時間、気温が十五度から二十三度程の過しやすい季節には、一緒に羽ばたきやボールで遊ぶことを要求して鳴きたてるのが、実にやっかいで手が焼ける。

　自分の場所と決めている毛布の上や革張りの椅子《いす》の上、ダンボール箱やバスケットの中、食器戸棚《とだな》や本棚の上で眠っているトラーを見ていると、まさしく眠りは猫にとって「いこいの饗宴の主食」であり「自然の守護の法則」、「日々の生活の静かで穏やかな死」であり、時々は夢を見て寝言で短くニャと鳴いたり歯をカチカチさせヒゲを震わせてケイレンしたりすることもあるものの、「充足」そのものが柔わらかな毛皮に包まれ、あたたかい呼吸に息づいて、このうえない熱心さで睡眠を遂行している、といったような感動を覚える。

　黒トラ柄《がら》のトラーが丸くなって眠っているとオレンジ色の混ったお腹《なか》の部分の毛皮が丁度中央部に小さな円形を作り、その周囲に放射状の茶色と黒のシマが広がってオウム貝のように見えるのだが、仔猫《こ》だった頃《ころ》は、茶色の部分にグレーの毛の混った野ウサギの毛に近い色だったし小さかったから、湿気た場所の石をひっくりかえしたりすると出て来て指で触れるとコロッと丸くなる灰色のダンゴ虫に似ていた。雨が降ると、それでなくとも仔猫はよく眠るのだが、益々《ますます》眠くなるらしく、一日中丸まっている。空気もジトジトするし雨降りの空は灰色で、部屋の中では直径二十センチ程のダンゴ虫が転がっていて、エビをゆでる匂《にお》いをかぎつけた時だけはむっくり起きあがって細い鋭い犬歯をむき出してニャアニャア鳴きわめく、というのは、梅雨時の過し方としては、相当うんざりしたものである。

猫が暑いのは土用の三日

「猫が暑いのは土用の三日だけ」という俚諺《りげん》があるらしい。猫は寒がりの動物で暑さには強いということらしいのだが、去年の夏生れて一年目の夏をむかえたトラーは暑さですっかり食欲を失って夏の間中ぐったりしていた。ようやく少しばかり好物を食べたかと思うと、すぐにケホッケホッとノドを痙攣《けいれん》させて白っぽい泡《あわ》の混った胃液と一緒に吐いてしまう状態が三日程続いたので、猫を飼うことについての初心者である私たちは驚きあわてて、トラーをバスケットにつめて猫医者に連れて行った。猫の夏バテというのはよくあることなのだそうで、胃散を三日分もらい総合栄養剤の注射をしに三日間通うことになった。

暑さに慣れてくるにしたがって多少は具合が良くなったものの、相変わらず食欲もいつものようには無く、夜になるとあまり人の出入りのないマンションの玄関ホールの大理石の上にぐったりと寝そべり、昼の間は、通気性があって感触がいいのだろうか、桐《きり》のタンスの上で長々とからだを伸して眠りこけ、眼をさますと横になったまま顔だけ持ちあげてタンスの上のガラスの器に生けて置いてあるネコジャラシの葉先をシャリシャリと音をたてて食べ、こちらと眼があうと、力弱く小さな声で鳴き、食欲がないものだからお腹のあたりがへこんで体重も減り、猫は暑さに弱いものなのだ、とすっかり思い込むようになった頃には、多少元気も出て来るようになり、夜になるとミンミン鳴いているセミを口に咥《くわ》えて来たり、電気の笠《かさ》にとまってブンブン鳴いているカナブンにジャンプしても前脚がとどかないというので、カナブンを見上げては私と姉の顔を交互に振り向いて、捕えてくれ、といわんばかりにニャアニャア訴えるくらいには夏バテから回復していたとはいえ、それにしても暑いのが「土用の三日だけ」とは到底思えない体力の消耗ぶりなのだった。

　それから一年がたち、今年もまたトラーはげっそりやつれるだろうか、と五月頃から始まる脱毛（表面の被毛の下にみっしり生えている灰色の柔わらかくて短い冬毛が五月頃から盛大に抜けはじめる）をクシとブラシですき取りながら、やれやれと溜息をついていたのだが、二年目の夏をむかえたトラーは、あにはからんや、やはりあの俚諺は正しいことを証明しつつある。

「猫が耳の後を洗う（前脚で）と雨降り」という俚諺は有名だけれども、この猫天気予報というものも、かなり高い精度で当るもので、俚諺というものはなかなか馬鹿《ばか》にならないものらしいのだ。

基本的に、「土用の三日」しか暑くないらしいトラーは、あきれかえるばかりの食欲を示す一方、家にはまるで居つかず、ゴキゲンに遊び歩いては、夕方から夜中までの間に毎日、四、五匹の大形の蛾《が》を捕えて来ては必死で逃げようとする蛾を追って部屋中を暴れまわり、あたりにとび散る鱗粉《りんぷん》を吸い込んではクシャミをし、昆虫《こんちゅう》採集にあきると、マンションの駐車場のネズミの巣穴を見張りに出かけ、それにもあきると（ようするに成果が上らず）空地の草むらにスズメやハトを捕獲すべく出かけ、するとそこにはトラーと似たりよったりの営みをしているよその猫が狩りに出ばっているものだから、いがみあってケンカをした挙句、後脚を犬歯で噛《か》まれて家に駆け戻り、二、三時間程桐のタンスの上で眠り、眼をさますと、ゆでたカワハギ、ゆでたエビ、平貝の刺身、煮干し少々、ヨーグルトとミルクという、いろいろな意味であさましいと、エサを与える側の心根を形容したくなるメニューの食事を大量にたいらげ、脚の傷もものともせずに外に飛び出して行く。むろん、夏痩《なつや》せなどするはずもなく、午前中一回、午後二回、夜二回、おおむね右記のようなメニューをたいらげるのだが、それも、ゆっくり食べるのは稀《ま》れで、鳴きながら外出から戻ると、冷蔵庫の前で、一声、ワァーオンと叫び、そうすると、今や自分の住み家の備品としてそなえつけられている自動エサ出し機械とでも飼い主のことを思っているらしいトラーのお皿にエサと呼ぶには高価すぎる魚介類が盛られ、貝殻型《かいがらがた》のグラタン皿には、小岩井プレーン・ヨーグルト（四〇〇g入り）より一二〇円高い三八〇円の小岩井ヨーグルト・グルメファンとミルクが注《つ》がれ、それを、ガツガツ、ペチャペチャ貪《むさぼ》ったトラーは、立《たち》喰《ぐ》いソバ屋の客のような速度で、鼻の頭に付着したヨーグルトを舌で舐めとりもしないまま、すうっと窓から庭に出て行って二、三時間後にまた同じことを繰りかえすまで戻ってこない。家にせいぜい五、六時間でもいれば猫を下宿させている、ということになるのだろうが、近頃では猫の立喰いソバ屋をやっているような気がする。

せめてもの楽しみは、蛾を追って跳躍する素早いうえにエレガントで柔軟なからだの動きを見物することだ。茶褐色《ちゃかっしょく》の捕虫網のように音もなくひらりと空中に跳躍する実に美しい洗練されて無駄《むだ》のない動きを見ていると、スゴイ動物と一緒に暮しているのだなあ、と感動的な気持になるのだが、そのスゴイ動物は、自信たっぷりに余裕のある動き方をして四回に一回くらいの割で蛾に逃げられてしまう。すると、蛾など最初から追ってはいなかった、という態度で、ごろりと身を横たえ、さっきからずっとそうしたかったのだ、といわんばかりに足のうらの爪《つめ》の間に溜《たま》ったゴミを舌でかき出しはじめたりする。

雨はどこに降っている？

猫《ねこ》の天気予報は、猫を飼っているひとたちに言わせると、それが案外あたるのだ、ということになっているようである。

猫は低気圧に対して敏感なので、雨が降りそうな天気の時にはソワソワと落着かない様子を見せる、という一見科学的にきこえる説明を何かで読んだことがあるけれども、仮に天気予報が出来たからといって、家のトラーを見ているかぎり、猫はやっぱり馬鹿な動物なのではないかという気持になる。もともと、バカな猫、とは思っていたものの、どうやらトラーは「雨」というものに対する認知が完全には出来ていないようなのだ。いくら「天気予報」が出来たとしても、「雨」というものがどのように空間的に降るものかわからないのでは困るのである。トラーに、雨はシャワーとは違うということを教えなければならない。

さて、天気予報が適中して雨が降りはじめると、トラーは去年までは、外に出る気がなくなってしまうらしく、ひたすら丸くなって眠っていたし、外で遊んでいる時に雨に降られると、背中の毛に少しばかり雨滴をつけて、おおあわてで駆け戻り、たいして濡《ぬ》れたわけでもないのに、湿気は毛皮の艶《つや》や美しさを傷《いた》める、といわんばかりの態度で背中を舐《な》めはじめていたのだったが、ある雨降りの日、それまで雨が降っているのも知らず桐のタンスの上で眠りこけていたトラーは眼《め》をさましてベランダに出た。

　東側のベランダから一階の出窓の屋根に跳び下りて庭に出るつもりだったところ、雨が降っているので引きかえしてきて、今度はマンションの通路に面している西側の台所の窓から出て行き、通路の窓から隣の建物の塀《へい》に跳び移って隣の庭に出るつもりらしく、通路の窓が閉っているから開けてくれ、とニャアニャア鳴きたてるので玄関のドアを開けて通路に出て窓を開けてやると、窓に跳びのって、こちら側にも雨が降っていることに気がつき、そこから外に出るのは中止することに決め、とがった耳のさきにかかった雨滴をプルプル振いおとす。

　トラーの行動もそこまでだったら、それでもまだ濡れて足場の良くない屋根や塀に跳び移るのがいやなのだろう、という解釈が成立しないでもないのだが、東側と西側の出入口に雨が降っていることがわかると、今度は方角でいえば北に面しているマンションの入口に向って歩いて行き、そこから出ようとして外には雨が降っているのでニャアニャア不満そうに鳴きたてながら戻って来ると、反対側の非常階段に面した南側の窓の下に行って、閉っている窓を開けるように要求するから、しかたなく南側の窓も開けてやると、やっぱりそこにも雨が降っているので、どの出入口から出ようとしても外には全部雨が降っている、ということを渋々ながら認めざるを得ず、それでも不満そうに顔を見上げて尻上《しりあが》りの鳴き声をたてる、ということを、雨が降るたびに何回も繰りかえすところをみると、トラーはどうやら、雨と空間の関係について、とんでもない誤解をしていると考えざるを得ない。どこから出ようとしても雨が降っている、ということを渋々ながら認めると、トラーは自分のトイレでオシッコをしてタンスの上に戻ってまた眠ってしまうのだが、こちらとしてはそのつど考え込んでしまう。

　去年の夏、トラーはどこかへ遊びに出たまま一晩帰ってこなかったので、心配しているうちに台風が接近して雨と風が強くなり一日中吹き荒れ、姉と二人で交互に一時間おきに雨具をつけて外に探しに行って名前を呼んだのだが、雨と風の音に声が吹き消されて、どこか空屋の地下室か駐車場の物陰かに怯《おび》えてひそんでいるらしいトラーに声はとどきそうもなく、私たちは雨に濡れて疲れきり食欲もなくなって、雨がやめば戻って来るよね、と言いあっていたものの、近所の家の庭の増水した池に落ちたのではないか、土台用の鉄筋を埋め込むために深く掘ってある工事中の穴に落ちて粘土質の土がツルツルすべってはい

上がれずに弱々しく鳴いているのではないかと、お互いに口には出さないもののぞっとするような最悪の事態を想像し、もちろん、仕事など手につかず、テレビの台風情報を見ては溜息をついていたのだったが、姿を消して三日目のあけ方、雨が小降りになって強風もぴたりとおさまった時、マンションの入口のガラス扉《とびら》の外でニャアニャア鳴く声がきこえ、飛び出して行くと全身の毛を濡らしたトラーが桃色の口腔《こうくう》と舌と歯を見せて口を大きくあけて夢中で鳴いていたのだった。

　そういう経験があるのだから、トラーとしては、「雨」というものがあたり全体、いわば自分のそう広くはないはずのテリトリー全域に亘《わた》って降るものだ、ということを知らないわけではないはずなのである。東側に降ってはいるけれど、西側の窓の外には降っていない、そこに降っていても、北側と南側は大丈夫かもしれない、と考えてしまう理由はないはずだ、と思える。にもかかわらず、東西南北の全《すべ》ての出入口を確かめなければ、「外は雨」ということがわからないというのは、やはり、トラーは馬鹿なのだ、と渋々ながら認めざるを得ないところだろう。猫の天気予報はかなりの確率で適中はするが、猫自身にとって役に立っているとは、トラーの場合には考えづらい。

巣穴に入る

山寺のおしょうさんは、まりの代用品として利用するために猫を紙袋に押し込むことになっているのだが、猫を飼ったことのある人ならば、わざわざ押し込むまでもなく、袋状の物を発見した猫というものがイソイソとその中に入って行くことを知っているだろう。

デパートの紙袋であれ、スーパーマーケットやクリーニング屋のビニール袋であれ、L・L・ビーンのアウト・ドア用トート・バッグだろうとルイ・ヴィトンのエピだろうと、生ゴミ用の防水加工になっている紙袋だろうと、病院に通う時のバスケット、空になっている台所の水切りカゴ、大き目の鍋《なべ》から各種のダンボール箱であろうと、形態として、一方の口が開いていて中が空洞状《くうどうじょう》のスペースになっている袋や箱を見ると、猫はそう行動せずにはいられないという宿命を背負っているかのようにからだ全体を低くし顔を前につき出すように歩いて袋や箱の中に吸い込まれて行き、その中で座り込んで落着いてしまう。

それが「どうしても入らざるを得ない」という習性だということは、人間が見ればこの箱に体重六キロのトラーは決して入れないと一眼でわかる七百ページ程の厚さの本のサックや空になったティッシュペーパーの箱や紅茶カップとソーサーが一客分入っているごく小さな紙箱のようなものにでも、強引に入ろうと試み、当然からだ全体は入らないので無理をして四つの脚先をぴったりすぼめるようにしてしばらく箱の中に立ち一応とにかく入ったことを確認して、それからようやくあきらめて外に出る、という行動からも推量できるというもので、こういう習性を持っていると、それが命取りに結びつくのではあるまいか、と考えてしまう。

亀井《かめい》文夫の『たたかう映画――ドキュメンタリストの昭和史――』（岩波新書）を読んでいたら、まさしく、かつて三味線の皮にするための猫はその習性を利用して、猫の通りそうな道に口を開いた袋を置いておくと猫がじゃんじゃん入って来るから捕えた、という話が出て来たのだった。

一方の口が開いた空洞状の物に猫は入らずにはいられないという習性が、どのような本能によるのかは知らないが、家畜化する前の猫だった頃《ころ》、猫は森のあちこちの木の洞《ほら》や他の動物の作った巣穴を見つけるや、図々《ずうずう》しく占領しまわって所定めず暮していたのではないか、という感じはする。その物の大きさはまるで考慮の外に、袋＝箱状の物には必ず入ろうとする一方、すぐにあきてしまうのも猫の特徴で、一万数千円から二万円程の値段らしい稲ワラを編んだ手造りの猫つぐらという猫のベッドのようなものを、愛猫《あいびょう》のためにわざわざ購入した人たちに訊《き》いてみると——上部がおまんじゅうのように丸くふくらんで小さな入口のついたいかにも猫好みの隠れ家然とした猫つぐらの入口から、自分の猫が顔を出している可愛《かわい》い様子を想像すると、誰でも、多少、買おうかな、という気持になる——一ヶ月もたたずにあきて、時々、猫つぐらの上で寝ている、という答えが返って来るのである〈註二〉。

　トラーが眠っているのを確かめてから、枕《まくら》カヴァーを替えるため袋状になっているカヴァーの口をひろげて枕を入れようとしていると、背後に気配を感じるか感じないかのつぎの瞬間、腕の間をすり抜けたトラーは口をひろげた枕カヴァーの中に入り込んでいるし、フトンのカヴァーを替える時にも同じだし、虫干しした和服を畳もうとする時には袖《そで》の中に入り込んでしまい、布地の外から手を動かすと、布地越しに前肢を素早く突き出しながらじゃれついてくるので、家ではこれを「トラーちゃんのラストエンペラーごっこ」と呼んでいる。ベルナルド・ベルトルッチの『ラストエンペラー』で、少年時代の溥儀《ふぎ》が、張りめぐらした絹の布地ごしに宦官《かんがん》たちの顔を手で撫《な》でて遊ぶという、いかにもベルトルッチ好みの官能的なシーンがあったからで、しかし、この遊びは「ラストエンペラーごっこ」にあきると、布地をからだに巻きつけ巻き込んだまま眠ってしまうので、枕カヴァーやフトンカヴァー、和服は、皺《しわ》だらけの上に脱毛だらけになるという欠点があり、そうやりたくないものの一つである。

トラーは最近また後肢《うしろあし》を嚙《か》まれ医者に行くことになった。事情があって今まで行っていたのとは別の動物病院に連れて行くことになったのだが、そこで猫の脚を診察する時に、厚手のキャンバス地製の筒状の袋を使う。キャリーバッグから出されてステンレス張りの診察台の上では多少おびえ気味だったのに、トラーはキャンバス地の筒を医者が持ち出すやいなや、何のためらうところもなくイソイソと筒の中に入り込み、そこで大きなのり巻き様の細長い姿になって落着くつもりだったのが、筒に付いているファスナーを開いて、無理矢理にケガをしている左後肢を引っぱり出されたものだから、ギャーギャーわめいて、しまいにはオシッコをもらしてしまったのにもかかわらず、つぎに病院に行った時も、布製の筒を出されると、ためらうことなく頭を低くしてイソイソともぐり込んでしまうのだった。

医者に行くと痛い思いをすることを覚えて、通院用のキャリーバッグを出してきただけで逃げ出してしまう、という猫の話をよく耳にするのだが、そういう話をきくと、家のトラーは、家猫として凄《すご》く記憶力の悪い（巣穴本能の記憶にだけは忠実だけれど）、どちらかといえばやはり、バカなのだろうかという気もしてくるのである。

〈註一　ところが、この文章の書かれた一年後に、その猫つぐらをトラーに知人がプレゼントしてくれたのだった。猫つぐらには「大・中・小」があるらしいのだが、トラーの体重を五・五キロと思っていた知人が、「中」で大丈夫だろうと考えたのは当然だったのだが、一年たってトラーは六・七キロの、決してデブというわけではないけれどガッチリした大猫になっていて、その猫つぐらに入れないのだ。猫は頭というか顔が入る程の隙間《すきま》があればどんなところも通り抜けられる、と言われているし、猫つぐらのおよそ横十八センチ縦十二センチの入口に入るのは何の苦労もないものの、残念なことに「中」サイズの猫つぐらの直径（ほぼ三十七センチだが、厚みが三センチ程あるから内ノリは三十一センチ）では、からだの前半分を突っ込んだところでトラーの頭はつかえてしまい身動きが出来ない。「中」サイズの猫つぐらにふさわしい通常の大きさの猫なら、頭がつかえるより前にからだの前半分をするっと曲げ、それと同時に後半分がするりと猫つぐらに収って、そのまま丸くなるか、あるいはお香箱を作って顔を入口から見せる、という態勢になるところが、トラーの場合は、頭と前肢と胴体の三分の一あたりが入ったところで頭が前方につかえ、からだを曲げようと試みるために動くと、後半身の肢の踏んばる力で、前半分の入った猫つぐら（稲ワラをきっちり編んであるので、かなり重い）が床から持ちあがってしまうのだ。

　何度か、からだの前半分を猫つぐらごと動かしてみるものの、どうにも入れないものだから引《ひ》き退《さが》りはするのだが、日に何度も未練がましく侵入を試みるのでかわいそうになり、猫つぐらは近所に住んでいる友達の家の猫のチャメちゃんにあげることにした。チャメは猫つぐらにさっそく入って丸くなり、友人は猫を三匹飼っている弟に猫つぐらに入って眠るチャメがいかに可愛いかを電話で報告すると、弟は、家でも実は三匹分の猫つぐらを買ったのだとなぜか浮かぬ様子で、どういうわけで？　と訊くと、それが三匹とも全然興味を示さない、と語ったという。それなら、あんた、猫つぐらの中にマタタビの粉を塗っとけばいいじゃないの、そうすれば、ちゃんと入るよ、と姉。すると弟は、女房もそう言うんだけれど、自分はそういう姑息《こそく》な方法を使ってまで猫たちを猫つぐらに入れようとは思わない、こうなんていうか、猫たちが自主的に入りたいと思って、主体的に入るのでなくては駄目《だめ》だと思う、と言うのよ、と友人は鼻を鳴らすのだった。姑息な方法、だの主体的だのって、猫と猫つぐらの関係に、そういうのってある？　アッコちゃん（弟の妻）も、あきれてるわよ。ところでこの友人というのは、本書の「猫の戦略」のところで触れた「Ｋ丸」の飼い主であり、トラーを「小さな虎《とら》さん」と呼んで愛《め》でてくれる人物と同一人物である〉

壁の中

以前トラーが丸一日たっても戻って来なかった時、二時間おきに近所をまわって名前を呼びつづけたことがあったが、そうしている間も心配で猫《ねこ》を飼っている知人に電話をして、こういう時はどう対処したらいいのか、いわばワラにでもすがる気持で訊《たず》ねたのだった。

評論家の上野昂志《たかし》は、ゆっくりと重々しい口調で、前に蓮實《はすみ》重彦《しげひこ》さんの家の猫がいなくなった時、庭でマタタビの枝を焼く、そうするとマタタビの匂《にお》いに惹《ひ》かれて猫が戻る、という方法を教えたところそれを実行したら、庭に近所中の猫が集まって来て、いやあ、汚ない猫がいるんですよ、と蓮實さんは言ってたな、などという話をはじめるので、蓮實家の猫はその方法で戻ってきたのか、と苛立《いらだ》って訊くと、結局、戻って来なかったみたい、とのんびり答えるので、むっとなってよほど電話をガチャンと切ってやりたかったが、それはまあ我慢して、でも家の猫はマタタビに無反応だからその方法は効果がないかもしれない、と答えて普通のやり方で電話を切ったのだった。

評論家なんてものは、自分では具体的なことを言ってるつもりでも全然あてに出来ないのだ、と姉とさんざ評論家批判をしたあとで、二十年来常時数匹の猫を飼っている知人のカメラマンのことを思い出し、彼に訊けば、なにかこう経験者ならではの具体的な知恵を教示されるかもしれない、と電話をしてみると、猫のことなら、自慢じゃないけど、たいていのことはわかるから、なんでも訊いて、と心強い返事で、そういった場合猫は何かに怯《おび》えて（自分より強いオス猫におどされたりして）、どこかの縁の下とか物置きに隠れて身をひそめているというケースが多く、気持が落着くまでじっとしていて、一日か二日たつと腹を減らして戻って来る、というのだった。さかりのついたオス猫は一ヶ月近く戻って来ないこともあるけれど、お宅のトラーは去勢猫だから、考えられるのは怯えてひそんでいるというケースで、心配しているような交通事故は、猫は敏捷《びんしょう》だからよほど年寄りの猫の場合にはあるけれど、トラーは一歳くらいの若猫だから大丈夫だと思うよ、どこかにひそんでいて、そういう場合は飼い主の声を聞いても出て来ないけれど、探している、ということを猫に知らせる意味で、二時間おきくらいに近所をまわって名前を呼びつづけると、猫の気持が落着くのが早くなるようだ、と具体的に実に行きとどいた説明をしてくれて、実際、トラーは丸一日たって、短い尾の先にクモの巣の切れ端をつけたままニャアニャア鳴きながら帰って来たのだった。

そういった変事に遭遇しないかぎり、外で何をしているにしても、どんなに長い時でも五、六時間でトラーは外出から戻ることになっている。

外出して五、六時間が過ぎた頃、廊下の方からともベランダ寄りとも、隣の家とも思える方向でトラーの鳴き声がするので、ベランダの窓を開け、廊下に面したドアも開けてみたが姿は見えず、廊下で名前を呼ぶと返事をする声が聞えるし、ベランダに出て呼ぶと、どこかその周辺で返事をする声が返って来るから、マンションの庭の草むらにいるのか、それとも廊下側の庭に隣りあった家の裏庭にいるのか、あるいは廊下の南側の突きあたりの非常階段から階下か階上に行っているのか、名前を呼びながら姉と二人で探しまわると、か細く遠くから聞えるトラーの声は、しだいにかん高く必死な訴え声になったかと思うと、情無そうな甘え声になって、部屋の中にいても廊下に出てもトラーのか細い声は、まるで呼び声にともなって、奇妙なことに壁の中を移動しているかのように鳴きつづける。

ところで、ここで、私の住んでいるマンションの構造を多少説明しておいたほうがいいかもしれない。坂の途中に建っているマンションの建物自体の入口のドアを入ると長いホールがあってそこは建物全体としては二階ということになる。上下に通じる階段の横手にエレベーターがあって、エレベーターの前から廊下が左手に続き、三世帯分の部屋が並び、廊下の突きあたりはもう一つの階段に窓があって、窓の外はコンクリートの塀《へい》をはさんで、マンションの地面より半階分程高く整地されて南側は雑草の生えたゆるやかな崖《がけ》になった隣の家の広い裏庭が続いている。隣の家の裏庭には古い井戸の穴があるし、マンションの地下室にはいったんそこに溜《た》めた水道水をモーターで屋上の貯水槽《ちょすいそう》にくみ上げるための、深い地下貯水槽があるし、こわれたボイラーなどもあったはずだし、まさかとは思うものの、猫がそういうところに落ちないということは断言できない、というやな予感がする一方で、トラーの声は、どう考えても壁の中から響いてくるような気がするのだ。むろん、押入れや食器戸棚《とだな》の中までのぞいてみた。

　廊下でもベランダでも庭でも名前を呼びつづけたのだし、第一、トラーのか細い鳴き声は名前を呼ぶ声にこたえつづけているのだから、まさか隣の家にいるとも思えない。隣家の住人は両親とお嬢さん三人で、トラーはベランダづたいによく遊びに行ってお嬢さんたちのベッドで昼寝をしているらしいのだが、もしかしたら隣家の押入れか何かに入り込んで出られなくなってしまっているのかもしれない、とも考えたものの、いくらなんでもコンクリートの壁越しに隣家の押入れに入っている猫の鳴き声が聞えてくるとはとても思えないし、とはいうものの、トラーの声はやはり壁の中から聞えてくるとしか思えず、隣家のブザーを押して、もしかしてお邪魔していないだろうか、と訊くと、ずっとトラーちゃんの声がしていたけれど、そういえば壁の中から聞えてくるような気がする、と隣家の主婦と三人の娘たちも不思議がるのだった。

　このあたりから聞えて来るようだ、と廊下に面した台所の窓の下あたりの壁を指さしているうちに、私と姉は同時に、あっ、と叫んだのである。トラーの声はますます高く大きくなっている。台所の窓の下には、小さな五十センチ四方程の鉄製の扉《とびら》があり、その中にガスのメーターが設置されている。そこは普段はいつもきちんと閉っているのだが、その日の午前中にメーターの検針係の人が来て扉を開けてちゃんと閉めずに少し開いたままの状態になっていたのを思い出し、今はきちんと閉った状態になっている扉を、息を詰めて開けてみると、扉にぴったりからだを押しつけニャアニャア鳴いて自分のいる場所を必死で知らせようとしていたトラーが転り出るように廊下に跳び出して来て、まぶしそうに眼《め》をしばたたいてから、キョトンと周囲を見わたし、嬉《うれ》しそうに尾をピンと立てて足許《あしもと》に夢中で額を押しつけた時には——顔の横ではなく額を、人にグイグイ押しつける仕草は、猫が親愛の情を示そうとしている時に特有のものなのだ——トラーの鳴き声を頼りに捜索を始めてから、時間的には三十分足らずだったにもかかわらず、「言葉に出来ない」というのは、こういう瞬間なのだ、とまたしても思ったのだった。

　猫とはなんの関係もないのに、ジョン・フォードの『捜索者』でジョン・ウェインがインディアンに連れ去られた姪《めい》のナタリー・ウッドを高々と抱きあげるシーンを思い出してしまったのは、「発見」と「再会」という純粋な感動を、ほんの一瞬のことだが生きてしまったという実感のせいだったのだろう。

隣家の主婦と三人の娘たちも、ああよかったねえ、真っ暗な中にいて怖かったねえ、とかわるがわるトラーを撫《な》でたので、トラーはすっかりゴキゲンに安心しきって、床下にいた間にからだに染《し》みついたホコリを舐《な》めはじめた。

部屋の床が玄関の三和土《たたき》から二十五センチ程高くなっていて、それは床下に、ベランダに置かれた大型湯沸し器と台所と風呂場《ふろば》を結ぶ水道管が通じているからなのだ。五年程前にマンションの地下室の旧式の給湯設備用ボイラーが故障したのをきっかけに、マンション全体の給湯設備の改造工事が行われた時に、水道管を新しく通すため各部屋の床が二十五センチ高く張り替えられて以来、マンションの住人たちは、夜中にしばしば床下をネズミが走りまわるパタパタという音を聞いており、ネズミ対策をマンションの経営者側に要求すべきだ、という意見も住人の集まりで取《と》り沙汰《ざた》されていたのだった。

ところが、トラーが家に来てからというもの、やっぱりなんといっても猫という動物はエライもので、ネズミの走りまわるパタパタという足音が一掃された、というのが猫好きの人間が圧倒的に多いマンションの住人たちのかねてからの意見だったから、隣家の主婦は、トラーは床下に残っていたネズミの気配を鋭敏に察知し、それを探索捕獲すべくガス・メーターの扉から床下に入り込んだのに違いない、と言うのである。それにしては、捕獲したネズミがいないのが妙だけれど、と言うと、まあ、ネズミはトラーの錯覚だったのかもしれないにしても、それにしたところで、捕獲するという意志は充分に持っている猫だ、と弁護するのである。

読者は、もうすでにお気づきのことだろうが、飼い主である私たちの考えは、トラーが猫の習性に忠実にというかさからえず、十センチ程開いている箱状の隙間《すきま》に吸い込まれ、箱状の物体に吸い込まれた猫の習性としてそこいらをグルグル回ってからお香箱を作ってウトウトしはじめ、そうしているうちに何かの拍子で扉が閉ってしまったのも知らずに眠り込んで、ふと眼がさめて出口を探しながら床下を歩きまわってニャアニャアと鳴いていた、というものである。

トラーにとって床下はよほど不快な場所だったらしく、その後、ガス・メーターの扉が開いていても、そこだけには入り込もうとはしない。

家で飼われることになってこの十二月で丸二年をむかえるトラーは、冬用の下毛がむっちり生えて、ますます丸々としてはいるけれど、しなやかなからだつきになり、小春日和《こはるびより》の一日を日暮れまで外を遊びまわって、ますますケイリー・グラントに似てきている。

「トラー」とはどんな動物か

A・A・ミルンの『クマのプーさん』および『プー横丁にたった家』の登場人物は、ミルンの息子のクリストファー・ロビンと、クリストファー・ロビンの子供部屋の友達だった縫いぐるみの動物たち（クマのプーさん、カンガルー母子のカンガとルー、ロバのイーヨー、小豚のコブタ）と、縫いぐるみではないけれど想像上の動物たち（ウサギ、ウサギのしんせき、ゆうじんいちどう、フクロ）と、それにこれは実際にミルン家にやって来たタビイ柄《がら》の本物の仔猫《こねこ》だったのに違いない「トラー」というメンバーで構成されている。

E・H・シェパードの名高いさし絵で、「トラー」は縫いぐるみのトラ風に描かれてはいるものの、「トラー」の行動を仔細《しさい》に検討してみるならば、これは縫いぐるみと空想の動物で出来た子供部屋の森に侵入してきた本物の仔猫なのだということが理解されるはずである。

夜中にふいにプーの家にやって来た「トラー」は、朝になると鏡の前に座り込んでじっ

トラー（左）とイーヨー
シェパードの挿絵：
『プー横丁にたった家』より

と自分の姿を眺《なが》めていて「ぼくね、ぼくにそっくりのやつ、見つけちゃったの。トラーって、ぼくがただの一ぴきだと思ったら」と言い、鏡がどんなものかプーが説明している途中で、テーブルの上に何かが這《は》いあがっている、と言って、「ひと声ふとく、ウォラウォラウォラとさけんだと思うと、テーブルかけのすみへとびついてゆき」、「それから、テーブルかけをひきずりおろし、三度ばかり、じぶんのからだをそれにつつんで、部屋のすみまでころがってゆき、どたばたどたばた、あばれたあげくに、また頭をあかるいところにつきだすと」元気な声で、「ぼく、勝った？」と意気盛んに叫ぶ、好奇心が強く自己愛も強い動物で、テーブルかけというものが何かを説明するプーに「じゃ、なぜぼくがよそをむいたら、ぼくにくいつこうとしたの？」と喰《く》い下り、「そんなこと、しないでしょう」と答えるプーに、「しようとしたんだ」とあくまで自己主張し、「だけど、ぼくのほうが早いから、その手にゃのらなかったんだ」と、自慢をする、はねっかえりの自惚屋《うぬぼれや》である。

　木にのぼれば降りられなくなり、いたるところではねっかえっては、おとなしいイーヨーやコブタやウサギを脅かし、少しもじっとしていないで、みんなで森の道を散歩する時も、「プーとウサギとコブタがかたまって歩いていくと、トラーはそのまわりを、まるくまわってかけて歩き」、「ウサギとコブタとプーが一列になって歩くと、トラーはそのまわりを、ほそながい丸にかけて歩き」、「道のりょうがわに、いたいとげのはえたハリエニシダが茂り」出すと「トラーは、三人のまえをいったりきたりしてかけ歩き、あるときは、ウサギにぶつかるかと思えば、またあるときは、ぶつからなかったり」という大騒ぎの元気一杯ぶりを発揮する。

　仔猫がじゃれて遊ぶ様子を見たことのある人なら――それはもちろん、珍しい生き物ではないのだから、たいていの人は見たことがあるだろう――遊びと好奇心のエネルギーが小さなふわふわした毛玉の形になって、そこいら中を跳ねまわり、眼の前のあらゆる物の匂《にお》いをかぎ、触ってみては小さな針のような犬歯で噛《か》みつき、あらゆる小さな隙間や箱やスリッパやカゴ、食器、台所の鍋《なべ》、戸棚、本のサック、ハンドバッグ、長靴《ながぐつ》、和服の袖《そで》に入り込み、少しでも動くものには、からだをぴったり伏せてお尻《しり》を振り、鼻の毛を逆立て気味にして眼を輝かせ細いヒゲをピンと緊張させて狙《ねら》い定めて跳びかかる様子を知っている人ならば、プー横丁にあらわれた「トラー」が、まさしく本物の仔猫であることに気がつくはずである。

「トラ」と仮に名付けた私の家の猫は、正式に飼われることになった時、「トラー」という「本名」を持つことになったのだが、英語名の Tigger も含めて、世界中には何万匹もの「トラー」と呼ばれているトラ猫がいるのに違いないのである。

トラの正式の名前を付けるにあたっては、いろいろ苦労したのも確かで、吉岡実夫妻はダルマインコに「ダル」という名を付けて「ダーちゃん」と呼んでいたことや、澁澤龍彦《しぶさわたつひこ》夫妻はウサギに「ウーちゃん」、入澤康夫《いりさわやすお》の家のインコは「イリサワくん」を略して「イリくん」とそれぞれ呼ばれ、高橋源一郎の家の猫は「アリス」と、もっと長くてややこしいナントカという名の猫が二匹、蓮實重彦《はすみしげひこ》の家の猫はミッテランが大統領になった時に飼ったので「ミッテラン」を略して「ミミ」というのを思い出したりしながら、トラ柄だからトラというのも、なんだかいかにも安易すぎるようで、何か凝ってはいるけれど呼びやすい名を付けよう、と頭をひねったのだった。

南方熊楠《みなかたくまぐす》の『十二支考』によれば、虎《とら》の唐音は「フウ」でそれは虎の吼《ほ》え声からそのまま来ていると言い、さらに支那《しな》の俗称として虎を「李耳《りじ》」というとも書いてある。李耳は狸児を訛《なま》ったもので、支那では「狸《たぬき》」に「野猫」の意味があり「したがつて野狸に別《わか》たんとて猫を家狸と異名」し「よつて想《おも》ふに、仏経に竜《りゅう》を罵《ののし》つて小蛇子《せうじやし》と言ふごとく、狸児は虎を蔑《べつ》して児猫と言つた意味だらう」と言うのだが、「フウちゃん」も悪くないし「リジィちゃん」もいいかもしれない、「狸児」という字を当てるのも、毛皮の色が狸に似ていないこともないからぴったりかもしれないけれど、「虎斑《こはん》」というのはどうだろう、それを「フウなんとか」と中国語では読むわけだから、中国文学が専門の上野昂志《たかし》に訊《き》けばわかるだろうと電話をすると、なぜか奥さんに相談してから、それは「フーピー」と読むと言うのだった。音の響きも気にいったのだが、一度、トラと呼んでしまうと、それとまったく関係のない音で呼ぶのはこちらとしても、なかなか気持になじみづらいし、何より猫自身が新しい名前に慣れないのも困る。

外に出かける猫だから、姿を見せなくなった時には名前を呼びながら捜すことになるし、そういった場合のことを考えれば、たとえ一ヶ月にしても「トラ」と呼ばれていた猫に、新しい名前を付けるのは考えものではないか、ということになり、ただの「トラ」では、いくらなんでも平凡すぎるし、そこで思い出したのが、A・A・ミルンの『プー横丁にたった家』の「トラー」だった。音引きを一本入れるだけだから、猫にも混乱や戸惑いがあるはずもないし、おまけに、「トラー」は木にのぼると降りられなくなるけれど、プーとコブタとウサギが、霧にまかれた森で迷い子になっても、「トラーって、おかしいんだよ。トラーって、けっして迷い子にならないんだ。どうしてって、ただ、ならないんだ。そういうふうにできてるのさ」という動物なのである。けっして迷い子にならない、と自慢する動物の名前を付けるのは、縁起もよいではないか。

そして、トラはトラーという名前を持つことになった。

猫を去勢すること

もうずっと昔、小学生の頃《ころ》、あれは何で読んだのか、雑誌のズイヒツ欄で、飼い猫を去勢した飼い主のオス猫に対するなんとなく悲哀のこもった感想を読んだことがある。私の飼っているオス猫が去勢猫だと知ると、憮然《ぶぜん》とまではいわないものの、猫に対して同情的というか哀れを催すというか、同じ性を所有する者同士として何と言っていいかわからない、とでも言った言動を示す男の知人は多いのだが、彼等のほとんどがメス猫が避妊手術をしたという話には、それは賢明な処置だ、と言うのだ。

年に二回四匹から六匹の仔猫を産み続けられては、飼い主としてほとほと困惑する他ないのだが、どうやらそういうこととは別の次元のことで、メス猫が子供を産むに至る原因としての交尾を、いわば、きわめて人間的な思い入れのこめられたセックスと同一視したうえでオス猫の去勢について語られがちなのは、おかしなものである。

メスの避妊手術には、卵巣摘出と子宮摘出の二つの方法があって、後者のほうが費用は幾分高めではあるもののホルモンの関係で猫の健康のためにはいいのだそうだが、オスの手術は睾丸《こうがん》をほんの二、三ミリくらい切開して精嚢《せいのう》を取り出し、切り口をナイロン製の糸で結んでおくという「ごく簡単な手術」で入院する必要もない、と猫医者に飼い主は説明をうけるが、とはいうものの初めて飼った猫が去勢手術をした時にはかなり神経質になってしまう。

　というのも、睾丸の傷口を結んだ糸を抜糸するまでの五日か六日、傷口の消毒と抗生物質の注射のためにバスケットに入れて通院し、傷口からバイキンが入ると場所が場所だけに大変なことになるから外には絶対出さないように、という注意を受け、それだけでも相当神経質になっているところに――猫というのは外出が好きなのだ――傷口を結んである片側が短くもう一方が三センチ程の長さのナイロン糸を片脚を頭の上へ持ちあげて上体を前かがみに曲げ今やまさに小便専用器官となった濃い桃色の小さなペニスを舐《な》めるついでに、口で咥《くわ》えてキッキッと鼻に皺《しわ》を寄せながら引っぱったりするものだから、そんなことをしたら傷口が開くというか睾丸の皮がちぎれてしまうのではないかとハラハラしてしまいもするのだった。むろん、そういう事態はおこらず、無事に抜糸がおこなわれ、猫も飼い主もやれやれとほっとするのだが、そういう時に性別で言えば男の友人が遊びに来て、そうかあ、こいつはタマ無しになっちゃったのかあ、タマって名前つけとかなくてよかったよね、タマ無しタマちゃんってアダ名つけられちゃかあいそうだもん、などと発言するので、飼い主である私と姉は、トラーが仮にタマという名前だったとしても、そういう馬《ば》鹿《か》なこと言うのって、あんただけじゃないの、と答えはするものの、自分たちで去勢手術をさせておきながら、もしトラーがタマという名前だったら——キジ猫の名前としてタマは不釣合《ふつりあ》いなので、そう名付けられることはないだろうけれど——たしかにタマ無しタマちゃんというアダ名になっただろうという予感はする。

去勢なんかして、かあいそうじゃないかと、やや憮然として、中上健次は言うのである。おれが猫だったら近所のメス猫とやりたい放題だぜ。

ずっと昔、雑誌のズイヒツ欄で読んだ去勢猫の飼い主は、オス猫なのにからだつきも丸まっちくなって（しかし、世の中には、去勢されているわけでもないのに、丸まっちいおばさん的からだつきの男が、ことの他多く、通りすがりの小さな女の子に「あのおばさん、おじさんみたい」と言われて、ヒゲを生やすことにしたという知人——もちろん男——がいる）、後肢《うしろあし》の片方を持ち上げるのではなく、砂の上にしゃがみ込んでオシッコをしているのを見た時には、嗚呼《ああ》、去勢をするとオシッコの仕方までメス猫と同じになってしまうのか、となんとも言えない気持になった、と書いていたのだった。

さて、中上発言についてであるが、動物行動学の最新の知見によれば、自然状態におかれた哺乳《ほにゅう》動物のオスは、交尾できる個体と交尾できない個体とに、不公平な割合で二分されているそうである。むろん、交尾できない個体のほうが多いのである。家の飼い猫がどちらに属していたか、それは今となっては判断の限りではないが、おれが猫だったら近所のメス猫とやりたい放題だぜ、という中上健次の仮定は、彼自身の持っているセルフイメージとして一見、正しいように聞えはするが、しかし、猫の交尾はメス猫が主導的立場でオスを選ぶ、とも言われているから、たとえ中上健次であろうと、猫に生れていたならばやりたい放題というわけにはいかないのである。

つぎに、オス猫の放尿の姿勢についてだが、メス猫もオス猫も、去勢されていようといまいと通常のオシッコは、しゃがんで前肢をやや踏ん張り気味に伸し、尾と尻の毛が濡れないようにやや尻を持ち上げ後肢でつま先立つようにして放尿する。大便の場合は、小水とは形態が異なり砂や土にすぐ吸収されてしまわないから、尻を持ち上げる角度がもう少し高くなる、という違いはあるものの、姿勢は同じで、ずっと昔に読んだズイヒツの書き手（もちろん、男）は、発情期のオス猫のかけしょんと、通常の放尿を混同しているように思われる。猫は妙なところで同情されてしまったわけなのだが、案外、スプレー行動とオス猫の通常時での放尿を混同している人というのは多いもので、そのズイヒツの書き手は小説家だったのだが、小説家という、普通の人々に較《くら》べて少しは観察力が鋭いのではないか、と思われがちの職業についていてさえ、そうした区別のつかない人物というのがいるわけだ。

ところで、去勢されたオス猫がさかりの時期に、周囲の恋愛沙《ざ》汰《た》をどう見ているかというと、家の猫の場合は、眼《め》をまん丸にしてビックリしているように見えるものの、近くにオス猫がやって来て、可能か不可能かはともかく交尾をするために夢中な彼等は、家の図《ずう》体《たい》ばかり大きい（この時点で、六・三キロ）去勢猫をおどしつけて追っ払おうとする。相手にならないで逃げ帰ってくればいいものを、自分のテリトリーのなかで別の個体と出あえば、それはやはり猫の本能でケンカを売られると買わないわけにいかないらしく、嚙みつかれてケガをしてくるのが、一月から二月の末にかけての年中行事で、去勢しているとはいっても、猫の発情期を無キズでやりすごすということは、なかなかむつかしいらしいのである。

何年か前、新聞の小さな記事で、ブリジット・バルドーが隣人から告訴されている、という外電を読んだことがある。「仏映画女優のバルドーさん（ここに年齢が入る）は引退して南仏のどこそこに住んでいるのだが、動物愛護運動家としても知られ、自宅には犬やロバ、その他の動物を多数飼っている。隣家の住人の告訴の内容は、自分の留守中に所有しているオスのロバを断りもなく去勢してしまった、というもの。バルドーさんによると、隣家のロバが自分の飼っているメスのロバに挑《いど》みかかるので施した処置ということだ」といったような記事だったのだが、裁判というのは時間がかかるらしく、ずい分時間がたった頃、「女優のバルドーさんに罰金刑——隣家のロバを無断去勢で——」という結果を伝える記事も目にしたのである。

　短い外電では、バルドーの隣家が農家なのかどうかもわからないし、ロバの種付けというものが普通どのように行われるのかも知らないけれど、告訴されたというからには、そのロバは「種ロバ」だったのかもしれない。この、隣家のロバ無断去勢事件のことを思い出したのは、飼い猫《ねこ》に去勢手術をさせることになった時だった。

　知人の猫好きのおばさんAは、オス猫は発情するとかけしょんをするし、成猫《せいびょう》になるとからだつきがゴツくなるのがいやだけど、去勢するとそんなにゴツくならないし、さかりがないから行方知れずになって帰らないというようなことがない、と言い、猫好きおばさんBは、オス猫はシッポをピンと立てて歩く時に柔毛の生えた大粒のサクランボのような睾丸がアクセントになって可愛《かわい》いのだ、と言い、おばさんCは、あんた、去勢されちゃうのか、かあいそうに、あんたのおかあちゃんたち（姉と私のこと）は人非人だねえ、と言うのだったが、私と姉は、おばさんAの意見を採用して飼い猫のトラーに手術をさせることに決めた。

内田百閒《ひゃっけん》がノラのつぎに飼うことになったクルは去勢していたのかどうか書かれてはいないものの、百閒の家で家族と医者にみとられて病死したのだが、ノラのようにいなくなられるのは飼う以上いやだし、マンションの廊下やら玄関に、発情期特有の濃縮されて強烈な臭気のある小便をマーキングのためにスプレーされては近所迷惑というものだろうし、飼い主が言うのもなんではあるけれど、トラーは仔《こ》猫の時から丈夫な骨格と大きな肢をした大変器量の良い毛皮の色艶《いろつや》も美しい猫で、動物のメスというものは丈夫な子供が産めそうな強いオスを選んで交尾をするというから、界隈《かいわい》の猫のなかでメスにもてる第一人者になるのははっきりしているし、相手かまわずメス猫に子供を産ませることになっても何かと困るし、やはり手術はさせる以外にないだろう、と考えたのである。

もっともメス猫の好みというのは必ずしも人間の審美感と一致しているわけではないらしく、あんなみっともないのが、という猫がもてたりもする。

何年か前、近所の黒トラのオス猫（家のトラーそっくりの美猫）が仔猫を咥えて帰って来て、飼い主は、だって毛並みも顔もそっくりなんだもの、言いのがれは出来ないわよ、認知する他ないもの、と言ってその仔猫を飼うことになったのだったが、頭の良い黒トラ柄《がら》のオス猫には、ままそういう母性的父性愛を発揮するものがある、とその飼い主は言い、私の住んでいるマンションの隣の建物の庭を掃除に来るおばさんも、頭の良いオスの黒トラは——まさしくこういう顔をしているのだが、とトラーを指さして——産ませた仔猫の中で一番丈夫そうで賢そうな猫を連れてくる、自分が飼っていた猫もそうだった、と言うのである。「うーん」と、私たちは考え込んでしまう。そういうことをされると、いじらしさに感心はするけれど、しかしとても二匹の猫を飼えるとは思えない。

　隣家のロバが自分の家のロバにチョッカイを出しにやって来るのが頭に来るというのは、なんとなく理解できなくもないのだが、しかし、バルドーが隣家のロバを去勢した真意はわからない。彼女は猫や犬をどうしているのだろう。トラーをかわいそうとまでは思わないのだが、推理小説家で愛猫家のパトリシア・モイーズの猫エッセイ集『猫と話しませんか？』（深町眞理子訳、晶文社）によると、繁殖家《ブリーダー》でないかぎり、去勢手術をしていない猫を飼うのは論外で、飼いやすく気ごころも知れるのは手術をしたメス猫で、飼い猫とよほどセンチメンタルな関係を結ぶことを考え望んでいるのではないかぎり、去勢したオス猫はすすめられません、と言うのだが、私たちの悩みはまさしくそのあたりにある。去勢したオス猫には、はなはだしい幼児性が残るらしいのだ。センチメンタルな関係というより、飼い主は母猫であることを強要されてしまうのである。

散歩も出来ない

散歩というものを、ちゃんと独立した「散歩」というか〈散歩〉にするのは、やはりなんというか、一種のゆとりが必要なのではないだろうか。

時間に追われる類《たぐ》いのスケジュールで仕事をこなしているわけでもないし、主婦を兼業しているわけでもないのに、のんびりと散歩を目的にした「散歩」が出来ないことについては、いろいろな理由が考えられるけれど、一番の理由は、猫のせいである。

初夏の夜明け近い時刻になると、オレンジ色の毛布の上で眠っていた飼い猫がむっくり起き上がり、前肢をぐうっと伸して腰を高々と持ちあげ、大アクビを一つしてから、おもむろにからだを縮めてカーペットをひっかくようにして爪《つめ》を研ぎ、シッポをゴキゲン形にピンと張って、〈お散歩〉に出かけるのを見てから、私も枕《まくら》もとのスタンドを消し、読みかけの本を開いたまま表紙が上になるように置いて——そういった本に対する乱暴な扱いを毛嫌《けぎら》いする人々が世の中にはいるが、私はまったく平気——鳥（ヒヨドリ、スズメ、ムクドリ、オナガ、カラス、ドバト、それにウグイス〉の声を聞きながら眠りにつき、そうこうして二、三時間すると猫が最初の〈お散歩〉から帰ってきて、細く開けた台所の窓から出て行ったのだから、同じ窓から戻って来ればいいものを、マンションの廊下でニャア、ニャア、ニャーオン、ニャーオン、と鳴きわめく声に起こされ、ドアを開けてエサをやり、またフトンにもぐり込んで眠ってしまうと、午後の一時頃に二度目の〈お散歩〉から戻った猫が同じことを繰りかえすので、今度こそ本格的に起きることになる。

猫をなでてやったり、おやつのエビを冷蔵庫から出してやったり、新聞や郵便に目を通して、朝食と昼食兼用の食事をすませたり、なんだかんだとするうちに、猫は三度目の〈お散歩〉に出かけ、さあ、猫がいない間に〈腰のばし〉を兼ねて、銀行や郵便局に行く用事と夕食の買物のために出かけようか、としていると三度目の〈お散歩〉から帰ってきた猫とマンションの入口の階段でばったりあってしまう。

トラーは、家の外で飼い主の顔を見ると、一ヶ月くらい行方不明になっていた猫が、ああ！　ようやく飼い主に巡りあえた、といわんばかりの様子でノドを、ン、ググッ、と鳴らしながら走ってきて、もう二度と離れるものか、とでもいった具合に私と姉の足に交互にからみつきながら額をグイグイ押しつけ、「あんたのエビとヨーグルトを買いに行ってくるんだから待ってなさい」と言いきかせても、百メートル程の距離をニャオニャオ鳴きながら、一緒に散歩する。犬だったら、電信柱に小便をひっかける習慣のために立ちどまる時を除けば飼い主と一緒にさっさと歩くところを、猫の散歩の百メートルともなると、そうはいかない。

ところで、この猫が口を開けずにノドの奥でたてる「ン、グググッ」という声と、額をグイグイ押しつける動作のことだが、これはパトリシア・モイーズの『猫と話しませんか?』によると、飼い主に対する親愛の情を表わす声と仕草なのだそうだ。猫が顔の横の主に口のあたりを、人の足やらテーブルの脚、ドアや家具などにこすりつけるのは、口の横にあるナントカという腺から臭《にお》いのする分泌物《ぶんぴつぶつ》を出して自分のテリトリーに臭いづけをしているのであって、直接的な親しみの表現というわけではない、ということは知っていたが、どうやって動作で親しみや愛情を表わすのかというと、パトリシア・モイーズは、やや首を前に下げるようにして額の正面を飼い主の足なり腕なり顔なりにグイグイ押しつける仕草が、それだという。

内田百閒は朝眼をさますと、行方不明になったノラの身がわりのようにフラリとやって来て住みつくようになったクルのところにいって(百閒の寝るふとんの足もとに座ぶとんが置いてあって、クルはそこで眠る習慣なのだ)、自分の額をクルの額に押しつけ、クルやお前か、そこにいたのか、といかにも愛情のこもった眼《め》ざめのゴキゲンうかがいをするのだが、これは本来なら、クルのほうから百閒に対してとるべき仕草ということになるような気がするものの、とはいえ、猫が眠っているとついこちらのほうから額を押しつけたくなる気持はよくわかる。手で触った時とは別の、眠りですっかり熱くなった猫の耳や柔らかな額の毛並みや毛並みのすぐ下の、少しゴツゴツした小さな額の骨の感触がこちらの額に伝わってきて、それはとても良いものなのである。まして、それを猫のほうから親愛をこめてやってくれる時には、こちらとしては、やはり、なんとも嬉《うれ》しい気持になるわけで、それが「声」として表現されるのが、「ン、グググッ」というような、生あたたかく湿ったくぐもった音で、これは家の外で出あった時、猫が飼い主をそれと認めて出す声であり、そういう声を猫が飼い主に対して出すということは、猫がすっかり飼い主を信頼し、いわば仲間として認めているという証《あか》しなのであると、パトリシア・モイーズは言うのだが、そして、このような猫の「ン、グググッ」鳴きのことが書かれているのを読んだのはモイーズの本が初めてではあるけれど、それは確かなことだと私も経験から断言できるし、猫を飼っている人たちはすでに承知していることだろう。

　こちらの姿を認めると小走りに走りながら眼を少し細め、走りながら、ン、グググッという声を出すためにお腹《なか》とノドが微《かす》かに揺れ、中途半端《ちゅうとはんぱ》な長さの尾をピンと立てて足もとまで走って来て立ちどまると、ググ、と短く何度もノドの奥で鳴いて額を押しつけると、トラーは道の端でいきなりゴロリとなって前肢の先を軽く曲げ、後肢のあしのうらを見せて背中をアスファルトにこすりつけてゴロゴロ転り、そうしているうちに視野の端にアリの動いているのが入ったというので、パッと起きあがってアリを追ってみるのだが、アリを追うのは案外退屈だと気がついて、四、五メートル先まで走って振り向き、早く早く、とニャンニャン鳴いているうちに、ふと、前の家の駐車場のシャッター扉《とびら》が地面から三十センチ程開いているのに気がつき、そこへ跳び込んで内部を二、三分探索し、また跳び出して来ると、大きな年寄りのメスの紀州犬の雑種が散歩しているのと出くわすものだから、フンと鼻をふくらませる音を立て、興奮のあまりシッポをビン洗いブラシ状に逆立てたまま、七、八メートル犬の後をついて行く。

　トラーは大型犬を特別に好きというわけでもないようなのだが、散歩しているのを見ると、なぜか後をついて行き、相手の犬のほうはというと、猫が興奮してビン洗いブラシ状のシッポをピンと立てて後からついて来るのに、首の綱をひいて一緒に散歩している老人の飼い主に気兼ねもあってワンと鳴いておどすことは出来ないし、老人は笑いを噛《か》み殺すというふうに黙ったままで、犬は困惑しつつチラチラと後をふり向き、トラーは不良少年が肩を怒らせて強がっているといった様子で鼻をフンフン鳴らして、なんだお前はデッカイくせに綱なんかつけられて、と生意気にイチャモンをつけているように見えるので、こちらとしてはドキドキしてしまうのだが、それというのも、近所の「P」という白地にアカトラのブチの猫の行状を思い出すからである。

この猫は二、三年前に肝臓疾患で大学病院への入退院の繰りかえしの果て死んだのだったが、いつも首輪に紐《ひも》がついて庭先につながれていて、大柄でおっとりした丸顔に緑色の眼でピンクの鼻面《はなづら》をしたきれいな見るからにおとなしそうな猫なので、交通事故やら何やらを心配して庭の外へは出さないようにして飼っているのだとばかり思っていたところ、近所の人に聞いた話は大ちがいなのだった。

「P」はとても気性の激しいメス猫で、飼い主に連れられて散歩中の犬を襲い、爪でひっかかれて血まみれになった犬も二頭や三頭ではきかず、犬の飼い主からの苦情で、紐でつながれるようになったのだという。フェンス越しに庭先でうとうと半眼になってお香箱を作っている「P」ちゃんを見ているかぎりでは到底想像もつかない武勇談ではあるけれど、平岩米吉の『猫の歴史と奇話』（築地書館）には、「時折、愛犬をつれて散歩中の人が、猫に襲われたという事件があって、新聞を賑《にぎ》わすが、それは、別に驚くほどのことではない」とあって、実際にあった事例が十例ほど紹介されている。

「別に驚くほどのことではない」というものの、「杉並区高円寺の著述家井伊義勇さん」が、「その著書（角川新書、『猫《ねこ》』、昭和三十三年）のなかで『犬を征伐する猫』と書いている」として紹介されている猫は「赤虎《あかとら》の雄猫」で「二頭の大型犬と同時に戦い、一頭を屈伏させ、一頭の片眼をつぶしてしまった」のだが、この猫の戦法は「さっと犬の背中に飛び乗り、背中を爪で引っ掻《か》き、他の一頭が近寄ると、すぐその犬の背中に飛び移り、また爪で引っ掻く」というやり方を繰りかえして二頭を相手にするという方法だったというし、これと同じ猫の対犬戦法はローレンツも自分の村の猫のエピソードとして『人イヌにあう』のなかで書いていたが、『猫の歴史と奇話』第六章の「一一、犬を襲う猫」の項目には、そのようにはなはだ興味深く戦慄《せんりつ》的な闘う猫の話が十一例掲載されている。まだこの本を読んでいない読者は、すぐに本屋に注文すべきである。

そういうわけで、私たちとしてはトラーが、「Ｐ」ちゃんや、平岩氏が列挙している十一例の獰猛《どうもう》な猫たち、ローレンツの村の、宿屋の犬を養子にしていて養子と他の犬のケンカに割って入ってよその犬を襲う猫のような猫だったらどうしよう、と不安にかられたのであったが、幸いそういうわけの猫ではなく、ただ、引き綱につながれている自分より大きい四脚の動物に対して――生意気にも――軽蔑《けいべつ》を感じるらしいのだ。

七、八メートルも一緒に歩くと好奇心が満たされたらしく走って戻って来て、今度は別の家の門扉《もんぴ》の下にもぐり込み、こちらがうんざりしていると、隣家との境の生垣《いけがき》をもぐって隣家のコンクリート塀《べい》の上に枝をのばしているアオキの葉むらをガサガサいわせながら塀の上を走り、ニャーオン、と叫ぶので、トラーちゃん、と声をかけると、ン、ググッ、とノドを鳴らしながらシッポを小刻みに震わせ、慎重に塀の平面に前肢を伸して足がかりをつけてから、後肢と腰を跳躍させて道路に跳びおりるのだが、そうした動作をしながら同時に鳴こうとするものだから、最初の動作で弾みをつけるために息をつめるらしく、ニャの音は声にならず着地した瞬間、本来「ニャン」と発声されたはずの最後の「ン」だけが音になる。

「ン」だけではなんとなく様にならない鳴き声だと猫も考えるらしく、「ン」に続けて最初に消えてしまった「ニャ」という小さい声を付け足すので、続けると「ン、ニャ」という声をあげながら重量感のある柔わらかな音をたてて着地することになるのだけれど、この後のほうの「ニャ」には「ン」を付けないのが、合理的といえば合理的で、いつも感心してしまうのだ。これでもまだ百メートルの三分の一にも行っていない。

　百メートルを猫と散歩するのは、大変、疲れることである。百メートルの距離になると、トラーはなぜかそれ以上先に行こうとはしないで立ちどまり、置きざりにされることが不当な仕うちだとでもいうようにニャオーン、ニャオーン、と大きな声をたてて鳴き喚《わめ》きはじめる。やれやれ、猫は一匹で散歩を楽しむことも出来るのに、私は猫のことが気がかりで、そそくさと用事をすませるための外出のみで、とても「散歩」をのんびり楽しむことも出来ない、というわけである。

トラーが死んだら、「旅行も散歩も」と、トラーが散歩に出ていない時に姉と言いあうのだが、猫の平均的な寿命は十年程なのだそうで、トラーはまだ若いし、知人の家の猫は二十三まで生きた、という話をきいたこともある。

猫の戦略

猫は家につく、という言葉は、犬が飼い主に忠実になつくことと対句《ついく》のようにして言われるのだが、私としては自分の体験と見聞きしたことを含めたうえで、猫はおばさんにつく、と言いたいのである。

以前、言語学者の西江雅之《まさゆき》氏に聞いたアフリカのマサイ族の民話に、「猫はなぜ女（主婦）になつくようになったか」という話があって、それはサバンナに住んでいる猫が自分のこれからの生き方を考えるところからはじまる。自分のように小さくて愛らしい、のんびり寝たり遊んでいたりするのが何より好きな生き物は、なんにしてもこの世で一番強い動物のそばにいて愛敬《あいきょう》をふりまくのが有利な生き方ではないだろうか、ということに考えがまとまり、とりあえず姿も自分に似ているうえにサバンナではなんといってもライオンが一番強いから、ライオンにシッポを振って養ってもらうことに決める。ところがある日、人間の男がやって来て槍《やり》でライオンを殺してしまったので、ライオンより強い人間の男に養ってもらおうと決め、男の後をついて村に行く。男は村の自分の小屋に入って行ったので、入口のところに座った猫は、サバンナやブッシュを歩いているうちに毛皮についた細かいゴミをきれいに舐《な》めていると、男が小屋の入口から頭を抱えて飛び出して来たので、アニャッ、この中には男より強いものがいるのかしらと驚いていると、入口から棍棒《こんぼう》を手にしたおかみさんが出て来て、男を罵倒《ばとう》した。そこで猫は、この世で一番強いのは人間の女だ、ということを知り、それ以来ずっと家と人間の女の近くでシッポを振って養ってもらうことに決めた、というのである。

　家の近くを歩いていると、塀の上でお香箱を作っている猫が、スーパーマーケットのポリ袋やデパートの紙袋をさげて歩いて来るおばさんの姿を認めるや、塀の上から跳びおりておばさんの足に額をこすりつけ、二、三軒先の自分の家までニャアニャア鳴きながら一緒に歩いて行く、という光景によく出あうし、私のところで飼っている黒トラのオス猫トラーも、そうやってどこかで帰りを待っているらしく、マンションに近づくと、どこからともなく現われて、私や姉の足に額をこすりつけ、嬉しさあまって、両前肢《まえあし》で人のふくらはぎを抱くようにして噛みつく。むろん本気で噛むわけではないのだが、少し痛いし、かなり痛いこともあるとはいえ、こちらの姿を見つけてどこからともなく現われたり、マンションの駐車場にあるゴミ置き場の屋根で待っていたのが、おおあわてで跳びおりて来たりするのは、飼い主にとっては嬉しいもので、そういうことをされたおばさんたちは例外なく、ヨシヨシ、とか、あれ、待ってたの、と相好をくずして猫に話しかけ、通りすがりのこちらと顔があうと、少し照れたように笑い、家の猫は犬みたいなんですよ、と言うのだが、しかし、そういった振る舞いこそが、マサイ族の民話で語られている猫そのものではあるまいか。

　ボードレールやディッケンズや内田百閒《ひゃっけん》や谷崎潤一郎が猫好きで名高いけれども、そうした男の詩人や作家を含めて、人は猫を飼うことによって女性化する、と言えなくもないだろう。平岡梓《あずさ》の書いた『伜《せがれ》・三島由紀夫』だったか、それとも母親のほうが書いた文章だったか、あるいは両親が同じエピソードを別々に書いていたのかもしれないが、三島由紀夫が可愛がっていた仔《こ》猫を、父親が二階の窓からほうり投げ、仔猫は当然死んでしまったのだが、そのことに対して息子は声を荒らげたりケンカをしたりということもなかった、というエピソードがあった。三島が猫を飼っていたのは、そういえば何か文学全集だか文学アルバムだかといった類《たぐ》いの本の写真で見たことがあって、白地にアカトラ斑のまだほんの小さな猫を膝《ひざ》に載せたボディビルでキッチュに肉体改造する以前の小さな毛深そうな青年は、お嬢さんのようにも見えるのだったが、三島の小説を読むかぎりでは、あまり猫好きというタイプにも思えなかったのでそれが意外な感じがしたが、平岡梓は仔猫の他に、小説の書いてある原稿用紙も捨てたりしたそうだから、氏にとって小説と猫とは同じように軟弱で女性的で陰湿なものとして映じていたのだろう。

ところで、猫がなぜおばさんになつくかと言えば、おばさんは（パートに出ているにしても）たいてい家にいて、夫を棍棒でぶんなぐって罵倒するかどうかはともかく、猫にエサを与えるからであるのは、まあ、明白である。マサイ族の猫の民話は、猫の生き方を決定した戦略の話でもあるわけで、家猫がエサを獲得する最良の戦略は、なんといったってエサをくれる人間に甘えて「可愛い」と思わせることだ。

たいてい家という同じ場所にいて、多くの場合食糧を管理している者に、猫としては当然なつくわけである。飼い主のおばさんの姿を認めるやいなや、脇目《わきめ》もふらず一目散に走り出す近所の猫たちを目撃するたびに、なにかと複雑な思いがするのだが、猫に関するまた別の俚諺《りげん》に「猫には七軒の家がある」というのがあって、これも、しばしば見聞きする事実なのだが、猫はエサをくれるおばさんを攻略する戦術を心得ていて、やはり、「家」というよりも、いつも家にいてエサを与えてくれる複数のおばさん的存在に対して、あのなんとも魅力的な様々の戦術を駆使するのである。マサイ族の民話は、おばさん攻略戦術として猫たちが猫たちに語り伝えた話なのかもしれない。

ところで、おばさんというものは、自分の飼っている猫に対して愛情を持っているだけに、時に奇妙な早トチリをすることがあるらしいのだ。

自分のところで飼っていたオスのキジ猫がいなくなってしまい、近所を探索していたところ――夜だったのだが――ついに猫を発見して、Ｋ丸（仮名）やこんなところにいたの、お馬鹿《ばか》さんだねえ、と言いつつ、また逃げられては困るのでＫ丸をひっ抱え、やや軽くなって小さいような気がするのは放浪生活の間に痩《や》せたのだろう、と哀れに思い、家に戻ったら御馳走《ごちそう》食べてまた太るんだよ、などと話しかけながら家に着いて、抱いてきた猫をよくよく眺《なが》めるとメス猫で、それもどうやら野良《のら》ちゃんには見えない、もちろんＫ丸ではないのだが、そのまま家に置いてＫ子と名前を付けて飼うことにした、と彼女は語ったのだったが、Ｋ丸もそのような早トチリの結果、別の家で飼われているのかもしれないし、事実彼女が、「あれはいなくなった家のＫ丸だ」と信じている猫が近所にいるのである。「Ｋ丸かもしれない猫」を私もよく目白通りで見かけるのだが、この猫はトラーを別にすれば見たこともないような大きな美しい猫で、おまけに尾がスラリと長く、その点に関してはトラーよりも見た目がよいことを認めざるを得ない程の猫なのだ。まさか、お宅の猫は家の猫だと言うわけにもいかないし、凄《すご》く可愛がられているらしいから、Ｋ丸も幸福だろうけどね、と言う。

ある夏の夕方、ピーコック・ストアで買物をしての帰り、生垣のある静かな道を歩いていると、十五メートル程前方で、五歳くらいの女の子とベビー・バギーに乗った幼児を連れた若い母親と、五十がらみのおばさんが何か言いあっていて、それは女の子の抱いている白と黒のブチ猫のことらしいのが、おばさんの動作からなんとなく察しがつき、なんなのだろうと思いながら歩いて行くと、三人の母子と途中ですれ違い、ベビー・バギーの赤ン坊とブチ猫はともかく、母親も猫を抱いた女の子も、いかにも不快そうにぶすっとした膨《ふく》れっ面《つら》をしているのだった。前方を見ると、五十がらみエプロン姿のおばさんは、恥ずかしそうに照れ笑いをして、一人言とも母子へともつかず、あんまり似てたから、と母子の方を見ながら困ったようにつぶやいて、そのとたん、右手の生垣の間から白と黒のブチ猫が、ヒューン、という勢で跳び出しエプロン姿のおばさんの足もとに走って来て、足に額をこすりつけながら甘えた声で鳴き、おばさんの足の間を8の字を描くようにして歩きながらまとわりつくのだった。あれっ、早く出て来ればよかったのに、と言い、猫とおばさんは自分の家に入って行ったのだったが、彼女はきっと、女の子の抱いていた猫を見て、母子に家の猫をどこに連れて行くつもりだ、と相当な剣幕で文句を言ったのに違いないし、それは調子というか気分として、わが子の誘拐《ゆうかい》の現場を目撃した母親といった剣幕だったのに違いない。母子が不快になるのも無理はないのだが、しかし、私としては、家の猫が無責任なバカな若い母親とその子供によって一時のなぐさみのために連れ去られようとし

映画と本と絵

『迷い猫あずかってます』
刊行記念
関連イベント情報

◎金井久美子新作展　たのしい暮しの断片《かけら》2

『迷い猫あずかってます』カヴァー絵なども展示。
金井姉妹の新刊の販売もいたします。

【会期】2023年**4**月**12**日(水)～**22**日(土)
11:00～18:00(土曜17:30まで)　日曜休廊

【会場】**村越画廊**
〒104-0061 東京都中央区銀座6-7-16 岩月ビル8階
tel: 03-3571-2880　fax: 03-3574-0159
email: g-murakoshi@nifty.com　URL: g-murakoshi.com

◎金井久美子の世界　映画《シネマ》と猫とウサギも、

関西で初めてとなる本格的個展です。
代表的な旧作と新作を約30点展示。(非売)
注目の映画監督・井口奈己の新作上映、トークショー、
本のサイン会もあります。

【会期】2023年**6**月**21**日(水)～**7**月**2**日(日)
11:00 ～19:00　無休

【会場】**恵文社 一乗寺店 ギャラリーアンフェール**
〒606-8184 京都市左京区一乗寺払殿町10
tel: 075-711-5919　fax: 075-706-2868
URL: keibunsha-books.com　◎叡山電鉄一乗寺駅より徒歩3分

【主催】一般社団法人 文化振興ネットワーク【協力】中央公論新社・平凡社・村越画廊

ている、救出しなければ、と焦《あせ》ったおばさんの気持を、痛いほどわかる、と言いたいわけである。

そういったおばさんの気持をどう解釈するか、それは母子関係を問題化する「女流作家」や「文芸批評家」の役目だろうから、私の任ではない。

猫には七軒の家がある

猫は家に付く、という俚諺《りげん》がある一方で、猫には七軒の家がある、という言葉があるらしい。これは別の言い方をすると、七軒の家で一匹の猫を飼っている状態ということになる。子供の頃に家で飼っていた猫については、あまりそういう実感がなかったのだったが、というより、子供などというものは――後に動物学者になったりするような子供は別かもしれないが――そうしっかり猫をはじめ様々なものを観察するには忙しすぎるので、ようするに飼い猫がどのように暮していたのか、いちいち覚えてなどいないのである。

この年になって猫を飼ってみると、子供の頃に較《くら》べてだいぶヒマになったせいなのかもしれないが、一日の大半とまでは言わないが猫をかまったり眺めたりして過しているような気がする。落語の『宮戸川』に、老夫婦のせっかちのじいさんが、のんびりしたばあさんに向って、一ン日中、猫ばッかかまいやがッて、猫ババア、とじれったがって独白のように悪口を言うところがあるのだが、近頃では、われながらそういう気がしなくもないわけで、猫ババアになるまでもう少し、というか、あと一歩、というところだろう。
そのような立場でみていると、猫というものは性格はともかくとして、見た目の仕草や容姿、形態がまことに可愛《かわい》らしいもので、相当大きくなった今でも、伸びをした、アクビをした、愛らしく前肢《まえあし》を顔の前で交差させて寝ている、といったようなことでも、いちいち、姉と二人で、可愛いねえ、ほんとに、トラーちゃん程の美猫《びびょう》は滅多にいるもんじゃない、ほんとに、ケイリー・グラントそっくり、と老嬢の猫ババア的会話を交わしている始末で、客観的に見れば、なんかこう外部から閉された老嬢と猫（それも、ちゃんと去勢されたオス猫なのだ）との静かな生活ということになる。

　とはいうものの、飼い猫のトラーは、静かな生活に退屈するのか、よその家に遊びに行っているらしい。マンションのベランダづたいに隣の家に上り込んで、娘さんたちの部屋のベッドで昼寝をしている、というのは知っていたが、いろいろと聞いてみると、六階建てで十八軒の世帯と事務所の入っているマンションのいろいろな家を、トラーは訪問しては図々《ずうずう》しく眠りこけているようなのだ。

　エサをやっちゃうと、お宅に帰らなくなって悪いから、エサはやっていない、とトラーの訪問先の住人たちは口々に言うのだけれども、私は、それはどうかな、と考えている。自分のところにやって来て、二、三時間も眠って行く猫がいれば、お刺身の残りでもあれば、一切れ二切れ、お茶がわりに出したくもなるのが人情というもので、たしかに、飼い主がはっきりわかっているよその猫にエサを与えるのは、どことなく不倫という言葉を思い浮かべるような、なんとなく悪いことなのではないか、という気がするのも、以前、マンションに住む前の家にふらりと遊びに来ていた猫のことを思い出したりするとよくわかるのだが、それでも、つい、何かちょっとした御馳走をしたくなったものだ。

ずいぶん前から、夕方から家を留守にしていたトラーが、雨が降っているにもかかわらず、一滴も濡《ぬ》れたところがなく、つい少し前に起きたように眼《め》をショボショボさせ、寝起きでまだからだが暖かい状態で夜中の一時二時に帰って来て、しかも、お腹《なか》がすいていない、ということがあり、隣の家に遊びに行っている時ならベランダづたいに戻って来るはずだから、これは同じマンションのどこかの家に遊びに行っていたのだろう、と見当がついてはいたものの、訊《き》いてみると、ほうぼうのお宅で、トラーは、寝ているのだった。夏は台所のビニ・タイルの上、夏以外の季節には寒がりだから座ブトンの上で、こんなになって——と猫がながながと伸びている様子を両腕を伸して示しながら——寝てるわよ、と言われる。

はじめは、マンションのフロアを間違えてよその家に入り込むのだろう、と考えたのだったが、知りあいの家で飼っている猫や、友人のところへ猫が毎晩遊びに来て、時々本当の飼い主からの通信文が首輪に結びつけてあるばかりか、もう一軒の別の家からの通信文もその猫は首輪につけて来るという話を聞いてみると、猫には七軒の家がある、という俚諺の正しさがいよいよはっきりして、なるほど、と感心している。猫のこうした習性は、まあ、素人《しろうと》考えなのだが、野生の猫だった頃の習性と深く関《かか》わっているのではないかと思える。オス猫はほとんど一匹で行動するから自分のテリトリーの中に、幾つもの巣穴や寝場所を持っていて、あっちに寝たりこっちに寝たりということをやっていて、その名残りが家猫になっても消えず、テリトリーの空間に居心地の良さそうな七軒の家を持つ習性になっているのではないだろうか。猫にとって飼い主というのは、七軒の中でとりあえず一番長時間自分が寝ている家に住んでいる人たち、にすぎないのかもしれない。

猫のおかあさん

どうも私は、観察力や注意力というものが散漫な子供だったらしい。小学校の時の通知簿には、六年間通して観察力が無く注意力散漫で指導力というものも欠けていて授業中私語が多く、文字が乱暴、と書かれていたのをなんとなく記憶していたのだったが、それはつい最近、母の遺品を整理しながら、ひとまとめにして母が保存していた小学校時代の絵日記や通知簿や作文やテスト——唖然《あぜん》とする計算ミスばかりの算数や、猫のケガについての作文——を三十何年かぶりに改めて読んでみて、たしかにそう書かれていたことを確かめたのである。

梅雨が明けた酷暑の夏空を見ていると、夏休みと、それが始まる前にもらう通知簿のことを思い出してしまうのだが、夏は、五月か六月に産れた仔《こ》猫を知りあいのお菓子屋からもらって来る時期でもあった。仔猫の産れた家では人情として、不器量な仔猫から先に片づいてくれたほうが安心なので、相手を子供と見て、不器量な仔猫を指さし、こういう目が小さくて耳も小さい尾の先の曲がったタイプが一番ネズミを捕えるし丈夫でエサもあまり食べないしお尻《しり》の躾《しつけ》もしやすい、などと、その家のおにいさんが、アメリカ映画に登場するアイルランドの馬商人のようにインチキを並べるのだが、当然、一番見た目に可愛い元気な仔猫を選ぶと、やっぱりそれにする？　とがっかりしたおにいさんを尻目に、黒トラのフワフワしたオスの仔猫をもらってくる。そのおにいさんは、今ふいに思い出したのだが菓子屋の前のパチンコ屋の玉売り場の娘と駆け落ちをしたのだった。ルシル・ボールとジョーン・ベネットを足して二で割ったような——ということは、無邪気そうだけれど、どことなく邪悪な感じのする——いつもオリーブ・グリーンのお仕着せの上っ張りを着ていた玉売り娘と私は顔見知りで、映画を見た帰りに時々立話をしたことがある。彼女は、恋愛モノは絶対悲劇で終わるのがいい、という意見をいつも語り、「フランス映画の『過去を持つ愛情』と『ヘッドライト』にはしみじみ泣いた」と言うので、F・アルヌールはああいった本当の恋愛にあこがれちゃう、と夢見る表情をハート型に赤く塗った唇《くちびる》と眼に浮かべ、ふん、といった様子でこちらを一瞥《いちべつ》して、小学生にはわかんないだろうけどね、と付け足すのだった。

二人が駆け落ちした後で、お菓子屋の跡とりの長兄とその嫁、弟の自衛隊員と二人の姉さんと老母の家族全員が、誰も反対していたわけじゃないし、みんな二人が一緒になるものだと思ってたのだから、なんでまた駆け落ちなどしたのか、と腹が立つやらいぶかしむやらだった、という話を母から聞いたけれど、私としては、なぜ玉売り場の娘が駆け落ちをしなければならなかったのか、その理由はあまりにも明白に思えたものである。しばらくして、二人は戻って来て普通に結婚式を挙げて平凡な楽しい家庭を持ったのだったが、それはそれとして、家には何匹かの成猫がいるのだが、仔猫というのは特別のもので、なにしろ生後一年たって成猫になると滅多にじゃれなくなるから子供の遊び相手になってくれないので、どうしても新しい仔猫が一匹ほしくなるというわけだった。

　そうした経験から、一昨年の十二月に家にやってきた仔猫も丸二年を過ぎて、もうさすがに、紐《ひも》に結びつけた羽や、パイル地の髪どめ用のゴム輪には見向きもしないと思っていたのだったが、去勢したオス猫というものは幼児性がそのまま残ってしまうらしく、六キロの大猫になった今でも夢中になって紐の先に結びつけた羽つきのおい羽を追いかける。

　外でネズミやハトやスズメや昆虫《こんちゅう》の類《たぐ》いを捕えてくるのとは別に、人間にじゃらしてもらうのがいまだに好きなのは、飼い主にとっては、「猫」が家にいるという実感があって、そう悪いことではないものの、六キロもある黒トラの猫が部屋中を駆けまわっておい羽を追いかけ、ひらりと跳躍してからだを弓なりにそらせるのを繰りかえし、鋭い爪《つめ》の先にひっかけた羽を押え込んで羽の頭のムクロジの実に犬歯をたてているのを見ていると、ふと、羽を結びつけた紐を操作している手や腕と自分のじゃれている羽との関係を、猫はいったいどう思っているのだろう、という疑問が生じる。近所の野良《のら》猫の仔猫が母猫の長い尾の先にじゃれつきながら、時々足などに跳びついて本気ではなく歯をたてたりしているのを見るにつけ、あるいは、家の猫が、床に寝そべっている姿勢のまま眼だけで獲物の動きをねらっていたように、近くを歩きかけている私や姉の足にいきなりとびかかって来て両前肢を足首に巻きつけてから、かかとに軽く歯をたてたりして遊ぶのを見るにつけ、人間が手に持った紐や棒の先についた猫好みのじゃれ道具（羽や小さなゴムの輪や使い古しの歯ブラシ）と手との関係が猫にはどのように映じているのか不思議になる。

あまつさえ、おい羽つきの紐を勢よく振りまわしている私の足もとに、まるで物陰にひそんで獲物の動きをじっと見張っている時とそっくり同じにからだを平べったくして座り込み、アゴを床につけて眼をランランと光らせながらおい羽の動きを追っている猫を見ていると、こちらは猫に対して、「物陰」で同時に「獲物」の操作者になっているわけだから、しだいに「母猫」を代行して「仔猫」に学習させているような気分になってしまう。ローレンツは、猫の遊びの動作に獲物捕獲行動の動きの様式がそのまま現われる、と書いていたが、それはその通りではあるものの、もう充分狩猟の出来る大きさに達していて、その成果を口に咥《くわ》えて家の中に運び込むようなことをやりながら、おい羽に夢中になってじゃれるという幼猫性を残すことになるのが、どうやら「去勢」猫の特質らしい。

　捕えて来たハトやスズメの頭を食べて（頭の部分が美味《おいし》いらしいのだ）部屋中に羽をちらかして床に血のしみを点々とつけた挙句、家の猫は、仔猫時分からのお気に入りの毛布の上に座り込み、太くて大きな前肢を交互に毛布に押しつけ、顔を埋め、くちゅくちゅ音をたてながら、仔猫が母親のおっぱいを吸う時そっくりそのままの行動をはじめる。

　猫医者の書いた猫の飼い方の本によると、毛布のような柔らかい布を相手に、両前肢を交互に踏んでくちゅくちゅ音をたてておっぱいを吸うときの行動をする「悪癖」を持っている猫は「離乳」に「問題」があったのだということである。

　早く「離乳」しすぎたのか、それとも相当大きくなってからも母猫のおっぱいを吸っていてなかなか「離乳」できなかったのか、「問題」はどちらの場合にもおこることなのかもしれないが、猫医者は、それは「悪癖」ですから、「現場」を見たらすぐに猫に別の何かを与え興味をそらせて「矯正《きょうせい》」するようにしましょう、という意見を述べる。私と姉はこの毛布のことを「猫のおかあさん」と呼んでいるのだが、家の飼い猫のトラーは一日に何回も外出から戻ると、「猫のおかあさん」のところへ行って、おっぱい吸い行動をする。梅雨寒の頃までは、アクリル製の毛布のおかあさんの乳房を前肢でグイグイ押して、鼻面《はなづら》を埋めてくちゅくちゅしていても、暑苦しい、という感じがしないのだが、夏に向けて、夏用タオルケットのおかあさんを買わなければならない。

トラーちゃんはキジ猫なので、タオルケット（片面がパイルで片面がビロード状になっているタオルケット）の色は、グレーかエンジの無地が色彩的には合っているかもしれないが、夏用と冬用で毛布の色が変わるとトラーが戸惑うかもしれないので、やはり、オレンジ色と茶色がいいかもしれない。厚手のタオルケットは、まあ、そう高級なものでなければ、一万円くらいで買えるはずだが、猫専用としてはゼイタクな買物かもしれない。しかし、トラーちゃんのタオルケットのおかあさん、と考えれば、安いかもしれないとも思えてしまう。どちらにしても、おかあさんを二枚も持っている猫はゼイタクな身分といえるかもしれない。

外出から戻った猫というものは、そこいらの空地やら道路やらでゴロゴロ転ったり、近所の猫とケンカをしたり、鳥をねらって長いこと地面に伏せていたりした後だから、草の種は毛皮中にくっついているし、砂や土やガソリンやら排ガスや何やらで汚れているものだから、「猫のおかあさん」はすぐドロドロに汚れてしまう。ドロドロに汚れたうえに、トラーがくちゅくちゅ吸うから、唾液《だえき》で濡れたところがひとかたまりに堅くかたまって、夏ともなれば、ノミ取り用首輪をつけているにもかかわらず、どこかからノミを持ち帰って「猫のおかあさん」にそれが移る。

当然「猫のおかあさん」は何日かに一回洗うことになるのだが、トラーが戻って来た時、「おかあさん」が所定の場所ではなく、ベランダの物干しにかかっているのを見つけると、もう慣れているはずなのに、「アニャッ!?」と驚いた顔をして立ちすくみ、あわててベランダに出てまだ濡れた状態で吊《っ》りさがっている「おかあさん」に顔をこすりつけるのには、困惑させられる。去勢したのは飼い主の都合とはいっても、こう子供っぽさがそのまま残ってしまうなどとは想像もしていなかったのであった。

猫と暮す——蛇《へび》騒動と侵入者

夏の暑い盛りにトラーは、わが家の隣の古い建物のある広い庭で蛇を殺すのを半ば日課にしていた。

新宿区の下落合、しかも山手線目白駅の近くという場所に青大将がいるというと、そんな都心に、とたいていの人は驚くのだが、このあたりで蛇は決して珍しい生き物ではなく、ウヨウヨとは言わないまでも毎年春から夏にかけて道路や日あたりの良い石垣《いしがき》の上をニョロニョロしているのを承知していたから、いつかは蛇を咥《くわ》えて部屋に持って来ることもあるかもしれない、と予想はしていたのである。まだ仔猫だった時分には、昔のハリウッド映画に出て来る、アフリカともアマゾンともインドとも、どことも知れない無国籍風の密林でアナコンダに巻きつかれて苦し気に吠《ほ》える黒ヒョウという映像が頭に浮かんだものだったが、みるみるうちに大きくなって体重が七キロ近くになった今年の冬には、蛇に巻きつかれて締め殺されるというより、ネズミやモグラやスズメやオナガを部屋に咥え込んだように蛇を咥えてくるかもしれない、という予感がした。

　そうなった場合どうするか。どっちにしても、猫はさんざ獲物をもてあそんだ後であきてしまうと獲物はそのままにして、プイと外に出てしまうか疲れて眠り込んでしまうのだから、いつものように小動物の死体は飼い主が始末しなければならないのだけれども、ネズミ、スズメ、モグラ、オナガは我慢したものの蛇に触るというのは、あまり、というかどうにも気が進まないとはいえ、そのまま放置しておくわけにもいかないので、昔、炭やオキを挟《はさ》むのに使った巨大なピンセット状の形をしたブリキ製器具のことを思い出し、あれで挟めばいいのではないか、と思いついた。そういう物が今でも売られているのかどうか疑問ではあったものの、店頭に瀬戸物の火鉢《ひばち》と木炭を並べて売っている老夫婦のやってる瀬戸物屋が南長崎にあったから、あそこだったらその炭挟みの器具を売っているかもしれないと閃《ひらめ》き、とにかく季節商品だから冬の間に蛇を挟むための炭挟みは確保しておくことにしたのだった。

　道具を確保したので一安心というか充実感もあって、やれやれ、これを使用することがなければいいが、などと姉と言いあっているうちに、あっという間に猛暑がやって来て、夏のある日、トラーのエサ（〝トラちゃんフーズ〟と私たちは称しているのだが）を含めた買物をして汗をかきかきマンションに帰って入口のホールから廊下へ曲がると、夏のことで開け放しになっている廊下の窓に面した隣の庭で、人の騒ぐ声と猫がフーフーうなる声がして、むろん、これはトラーが何かをやっているのだと思い、窓から庭を見ると、隣家の建物の掃除に来るおばさんが、何かを前肢で押えながらフーフーうなっているトラーに、じゃこの袋――後で聞いたところでは、つい先頃《さきごろ》故郷の高知で買って来た良いだしの出るかえりじゃこなのだった――からじゃこを取り出して、そんな物よりこっちがおいしいよ、と言っているので、なんとなくいやな予感がしたものの、おばさんは、じゃこおいしいよ、おいで、おいで、と猫に熱心に話しかけていて、それはどうも御馳走《ちそう》様です、とお礼を言ってから、そんなものというのは、一体、何なのか、と訊《き》くと、おばさんは、「エビ」と言うのだった。

　エビならば、家の猫は大好物で、ええまあ、からだに良くないとは猫医者に言われてるんですけれど、それ、調理場から盗《と》ってきたんでしょうか、と結婚披露《ひろう》パーティーやら何やらのパーティーの行われる建物のほうを見ながら、後向きのトラーが前肢で押えて取り上げられまいとフーフー威嚇《いかく》的な声を出している物が伊勢《いせ》エビだったりすると弁償しなきゃならない、伊勢エビはいったい幾らぐらいするものなのか、などと思いながら言うと、おばさんは妙な顔をして「ヘビ」と言い、「こんな」と、両手を広げて一メートル以上の長さを示し、つぎに親指と人差指で直径五、六センチのＣ字形を作り――直径が五、六センチとなると指と指でO字形は作れないのである――離さないのよ、ヘビを、とこちらに向って言い、一緒にいるおとなしそうなおじさん――両腕に黒の腕カヴァーをしている小《こ》柄《がら》な老人――が、ヘビをズタズタにしちゃってる、と少し怒ったような口調で言うのである。

どのように私の心というか気持が千々に乱れて焦《あせ》ったか、声としては、「えっ⁉」としかもれなかったとは言え、部屋の鍵《かぎ》を開けて買物の入った買物用バッグを入れる間もなく、トラーだったら軽いジャンプで一跳びの、隣の庭へ、ホールへ出て表に飛び出し、隣の駐車場とマンションの二軒分の角を曲がって隣家の門に飛び込み、建物の横手を走って駆けつけると、先に大きさを説明した血まみれの青大将を咥えたトラーは全身の毛を逆立て、咥えてなおあまる蛇の尾を爪を立てた前肢《まえあし》で押え、喰《く》いちぎろうとしている最中。

チラッと私の方を見上げた眼《め》は、昼間の戸外だから、茶色がかった緑色の輝きの中に細い筋のような瞳孔《どうこう》がたてに裂けランランとした凶悪な動物のような眼で、蛇はというと灰色がかったブルーで、細かに全身をびっしり覆《おお》ったウロコは湿り気と乾燥の中間といったふうのもので、竜頭《りゅうとう》蛇《だ》尾《び》とはよく言ったものだという具合に、端のあたりはタコの脚先のように細くなっていて、少し平らになっている頭には精巧で微妙な色のウロコが工芸品のように美しく並び、赤い長い紐《ひも》のような舌をチロチロ動かしながら上体――というか前半の部分——を揺らしているのである。

どう見ても、トラーの方が圧倒的に優勢で、蛇の生殺しというのは、こういうことか、という状況なのだった。どうしたら、トラーを蛇からひき離すことが出来るか——。大好物のエビを買いにスーパーマーケットに走り、エビをゆでてそれをポンと投げてやれば、それに誘われて蛇を離すかもしれない、と咄嗟《とっさ》に思いはしたが、それは時間がかかりすぎるというものだし、おまけに姉は外出していて留守で、どうしたものか、と掃除のおばさんとおじさんと顔を見あわせていると、そこへ、何も事情を知らずに上機嫌《じょうきげん》でスレート板の屋根付きの塀《へい》の上を白地にアカトラ柄の小柄で可愛《かわい》い顔立ちのブチ猫がのんびりした様子でブラブラ歩いて来たのだった。木陰の多い裏庭に、良い昼寝の場所でも見つけに来たのかもしれない。そういう猫が庭にやって来ると、そこを自分のテリトリーにしているトラーは、低くドスのきいたフウーッ、フウーッ、という声を、毛皮をふくらませた全身にヴィブラートさせて（猫の皮は三味線になるくらいだから、声が全身に反響しやすいのかもしれない）威嚇して追っ払い、その程度の威嚇に相手が屈しない場合は——自分のテリトリー内では滅多にそういうことはない——暴力的実力行使に出る、というワン・パターンを繰りかえすのだが、この時は、テリトリー侵入者のブチ猫に気がついてさっそくダミ声でうなり声を一声発すると、のんびり歩いて来たブチの小柄な猫は、戻って逃げればよかったのに、ウギャッと驚きの悲鳴をあげざま塀の上からさらに高い庭木に跳び移ってしまったのが幸か不幸か、トラーは立《た》ち退《の》かないで庭木の枝に居すわった目障りな侵入者に腹を立て、爪で押え込んでいた蛇から離れ、からだを素早く跳躍させ――褐色《かっしょく》のゴールを目ざすラグビー・ボールさながらのスピード――スレート屋根の塀に跳び移り、低いダミ声で枝の先に座り込んでいる可愛い顔立ちの猫を威嚇しつづけるのだった。

　ズタズタの青大将はすでにこと切れ、それを掃除のおじさんがチリ取りに入れて、「いつもこの猫が捕えて殺した蛇を始末して埋めている庭の片隅《かたすみ》」に埋めてくれることになり、溜息《ためいき》と共にお礼を言っている間も、トラーはブチに向ってうなり続けているので、ブチがかわいそうだし、蛇を噛《か》み裂いて血に飢えた野獣の本能の余韻の冷めやらぬままに、ブチ猫の後肢を噛んでしまったりするのも困る――他の猫のテリトリーに侵入して、トラーが何度となく経験しているように――ので、私は塀の上のトラーを引きずりおろし（少し引っかかれて）、七キロはある鳴きわめく巨体を両腕にひっかかえて、裏庭を横切り前庭から門を出て通りに出て角を曲がり、マンションの入口ホールから廊下に曲がり部屋のドアの前に必死でたどりついたものの、ドアの鍵は廊下に置いておいたショッピング・バッグのポケットの中にあって、トラーをいったん離さなければ鍵を取り出すことが出来ないことに気付いて焦りながら、トラーを運んでいる間に、もしかしたらブチが木から降りて逃げ出してくれたかもしれない、と首だけ振りむいて窓の外をちらっと見ると、ブチは前肢をそろえた姿で、木から降りられない、と訴えるようにニャーニャー鳴きはじめ、私の腕の中で、柔らかく毛深い七キロの巨体の猫は見逃すわけには絶対にいかないという猛烈な勢で四肢《しし》を伸したり踏んばったりして暴れ、褐色の弾丸のように腕からすり抜け（跳躍するために後肢で私のお腹のあたりを思いっきり蹴《け》りあげて）、廊下の窓枠《まどわく》に跳びのりざま二メートル離れた隣の塀の上にジャンプして元の場所に戻ってブチに向ってうなりはじめるのだった。

　その頃にはこちらはもう汗びっしょりのうんざりした気分で、ニャーニャー、ウーウー、鳴いたりうなったりする二匹の猫を眺《なが》めて溜息をついていると、姉が帰って来て、ちょうどトラーにエビのお土産を買ってきたから、それで誘えばうまい具合にこっちへ跳んで来るかもしれない、と言うので、休む間もなく小鍋《こなべ》で大正エビを殻《から》ごとゆでて、エビがまだ冷めてもいないうちに廊下の窓辺に立ち、二つに折ってパキッという音をたてると、トラーは後向きになっている耳をアンテナのように動かし、後方から聞えるエビを折るパキッという音を敏感にキャッチし、ウッ、ニャッ、と声をあげざま窓に跳び移って姉の腕に頭をこすりつけ、エビを手に持ったまま姉が部屋に入るとその後を甘え声を出しながらついて行ったところで、ドアを閉め、また隣の塀に跳び移らないように廊下の窓も閉め、私は木から降りられずにニャーニャー鳴いているブチを救出するために、用意しておいた猫用かん詰「モンプチ」を持って隣の裏庭に再び行った。

蛇よりも興味があるのがテリトリー侵犯の猫との攻防で、それさえも忘れて盲目的に誘われてしまうのがエビなのである。

ブチは「モンプチ」の舌ビラメアンドエビの匂《にお》いに誘われて思いの他の素早さで地面に降りてきて、ガツガツと食べてから、おばさんがトラーのために用意したじゃこもついでに平らげて姿を消し、掃除のおばさんは、ああいうブチ猫はバカが多いのだけど、黒トラは猫のなかでは一番頭が良いのだ、と言うのだった。

家でもずっと動物飼ってたの、亭主が戦死してね、小学生の小さい子供が二人いたから、男の子二人とも、あたしが働いて留守だから、動物飼ってやったの、動物飼うと思いやりの気持が育つでしょう、お父さんいないからね、そういう教育、自分で考えたわけよ、犬も飼ったけど、やっぱし黒トラがね、お宅のにそっくりな大きな猫で、それが頭のいい猫でねえ、とおばさんは語り、未亡人になったのが三十として、それならば七十七歳にはなっているわけなのだが、働いている人だから、おばあさん、というよりおばさんと言うべきだろう、などと思っていると、同年輩のおじさんが戻ってきて、この人はあまり猫が好きではないらしく、カラスがエサにするために蛇を捕えに来るのを、この猫が追っ払う、とぼそぼそつぶやくように言い、カラスは蛇をエサにするけど、猫は遊ぶだけだから、とも言うのだった。黒トラびいきのおばさんは、いくらか挑戦《ちょうせん》的な口調でおじさんに、こんな大きな猫にはどんな青大将だってかなわない。カラスだって負ける。山カガシだったら毒があるから、猫が負けるけど、と言い、私は「野獣」という言葉を自ら思い出したのだった。トラーは毎日のように、カラスと張りあって蛇の巣を襲い、小さいのから大きいのから、じゃんじゃん殺している、ということがその時、掃除のおじさんとおばさんの口から明らかになり、私と姉は冬の間に買っておいた炭挟みの包みをほどいて、すぐに取り出せる場所に置くことにした。

　あまりの猛暑で頭がボーッとして、なかなか筆も進まない、と遅れがちの仕事について、電話で言いわけにもならない言いわけをしていたある日、台所の窓から「ボタッ」とも「ズダッ」ともつかない重く柔らかなものらしい何かが落ちる鈍い音がして、続けてすぐに、トラーが窓から入って床に跳びおりる時に聞きなれている「ボトン」という音を耳にした時は、これはあれだ、とすぐにピンと来たものの、台所の床にトグロを巻いた全長七十センチの青大将と、蛇の頭を前肢の爪《つめ》をむき出してひっぱたいているトラーを見た時には、うんざりしてからだから力が脱《ぬ》けるような気分だった。

　トラーは隣の庭で捕獲した蛇を、どうやって部屋まで運んだのだろうか、ということも、考えてみれば興味深いことでなくもない。マンションの廊下の窓は二メートル程の間をおいて隣の塀と向きあっているのだが、マンションが坂の途中にあるという地形の関係で、隣の庭は、マンションの一階の窓の下あたりの高さにあることになり、私たちの住んでいるフロアは二階なのだけれど、マンションの入口の玄関は坂の上の地面——の位置にあるから、二階が入口玄関と同じフロアにあるわけなのだ。

　隣の地所も途中から傾斜してなだらかな斜面となって下の道に面した石垣《いしがき》に続いていて、こういった高台の外れの斜面は地盤がゆるいから地震の時にはかなり揺れ、大地震がおきたら大変だと、亡母は心配していたものだったが、その度に、隣の斜面に半地階のある構造で建っている四階建ての建物は、その昔、修道院だったそうで北原白秋の詩にも出て来るという話を聞いたことがあるし、ということは関東大震災でも、ここが崩れなかったということだから、大丈夫、と何も調べもせずに（白秋の全集の解題を読むなり、同じマンションに入居している設計事務所の建築家に隣の建物はいつ頃の時代のものでしょうか、と質問しさえすればすぐわかるはずのことなのだが）断言していたのだが、そういうわけで、隣の地所との境にあるスペイン風（？）の塀とマンションの二階の廊下の窓の高さは、塀の方がやや低目だが、何十センチもの差があるわけではないのである。

　トラーがこの窓と塀を出入口として利用していることは前にも書いたが、スズメやハトのような、形態として丸いかたまり状のものであれば、それを口に咥えて塀から窓に跳び移るのは、比較的簡単だろうが、運びこんで来た蛇は体長七十センチはあるのだし——メジャーで計測したわけではないけれど——その蛇のどのあたりを咥えるにしても、トラーが口いっぱいに蛇を咥えて、両端に、まず三十センチ程の長さのものがダラリと垂れた状態で、塀から窓へジャンプするのは、そんなに簡単でもないような気がするのだ。

とはいえ、廊下に面した台所の窓の位置は床から一メートル二十センチはあるところを蛇を咥えて跳び上って入ってきたのだから、塀から窓に跳んだのかもしれない。もしそうでないとすると、トラーは蛇を咥えたまま隣の庭と表の道を歩いて、玄関に入りホールから自分の住んでいる部屋に面した廊下へ曲がったことになる。どちらにしても（体重七キロのクロトラ柄の大猫が、七十センチの蛇を咥えて歩くにしてもジャンプするにしても）、それはある意味で、なかなか勇壮な光景ではあるまいか。「勇壮」とも言えるのだが、そこで私が思い出すのは、掃除機の蛇腹《じゃばら》状の吸い込み用のホースに対するトラーの態度である。

トラーにかぎらず猫《ねこ》というものはたいてい掃除機のホースに敵意を持っているらしいのだ。最初は掃除機のモーター音が嫌《きら》いなのだと思っていたのだが、どうもそれだけではないらしく、掃除機が動いている間は机の下や物陰や椅子《いす》の上で距離を取ってじっとその動きを眼で追い続けているだけで、決して近よっては来ないのだが、途中でスイッチを切って、別の用事を片づけている間、ホースと吸い込み口の先端のT字形の器具を床に置いておくと、そろそろと腰を低めて獲物に忍び寄る時の歩き方でホースに近づいたトラーは、先端のT字形部分がその動物の頭だと思っているらしく、前肢《まえあし》の爪を出して勢良く、パン、パンッとひっぱたいて、さっと後に跳び退《の》き、同じ動作を二、三回繰りかえしてからホースに歯をたてるのである。

この、対掃除機のホースの動作は、猫を飼っている人たちから、家の猫もそうだ、という話をよく聞いている。猫は、掃除機をT字形の頭を持った大蛇と考えているのではないだろうか。むろん、この闘いは、ホースが動かない時におこなわれ、ホースはスイッチが切られている以上ピクリとも動かないから、すぐに猫の勝利が一方的に宣せられ、スイッチが入れられてまた掃除機が動き出すと、どういうわけか、もう興味を失ってどこかへ行ってしまうのである。

ところで、江戸時代の日本では尾の長い猫が嫌われていたのだそうで、長尾は場合によっては小さい時分に断尾したりもしたらしく、それは猫のゆらゆら揺れ動く長いしなやかな尾が蛇《へび》に似ているからなのだと、平岩米吉は『猫の歴史と奇話』のなかで書いている。

家のトラーの尾は先が鉤《かぎ》なりにチョコッと曲がった中途《ちゅうと》半端《はんぱ》な長さの、やや短か目の尾で、家に来たての頃《ころ》は、顔も可愛《かわい》いし毛並みも美しく、スタイルもいいのに、どうもこの尾が唯一《ゆいいつ》の欠点だ、と言って、童謡の『ぞうさん』の節で、トラちゃんトラちゃん、シッポが短いのね、そうよ、かあさんも短いの、と歌ってからかっていたのだが、トラーが蛇を捕獲した経験（掃除機のホースも含めて）を踏まえて言えば、トラーのかあさんのシッポは長かったのに違いないのだ。尾の長いメス猫がシッポを動かしながら仔猫《こ》を遊ばせるのは、もちろん蛇を獲《と》るための訓練であるのに違いない。

冬になって蛇が冬眠していることがはっきりしている現在は、トラーの狩猟をそれ程怖れなくてもよい。朝起きると、居間の床の上に食べ残しのスズメの脚が落ちていたりするのはいやなものだけれど、蛇に較《くら》べればまだ我慢が出来るというものだし、家の猫は、どうやら春から夏にかけて狩猟シーズンを楽しむらしいのだ。狩猟に明け暮れる春から夏にかけてはよその猫とのテリトリー争いも忘れて没頭するらしく、ケガをすることがほとんどないので、その点では安心していられるのだが、晩秋から早春にかけてトラーが熱中するのはテリトリー防衛で、日に三度か四度、縄張《なわば》りを見回りに出かけては、縄張りに入り込んでいるよその猫を追っ払うための小競《こぜ》りあいや大ゲンカをして、十日か二週間に一度は鋭い歯で噛《か》まれた傷を負ってくるのである。

こんなに大きければ相手に威圧感あたえるはずだけどねえ、とケガの手あてをしながら猫医者と看護婦は首を傾《かし》げ、化膿《かのう》した傷口に触られただけでオーヴァーに鳴きわめいて、ギャーギャー、フウ、フウ騒ぎ、治療用のズック製の袋（暴れて爪を立ててひっかいたり逃げ出さないように、布製の袋に動物を入れ、小さな穴から患部の肢だけを引っぱり出せるようになっている）の中で小便をもらしてしまうのも、トラーが去勢オス猫のせいかもしれない。去勢オス猫にはことに強く幼児性が残るらしく、飼い主との間にどうしても母子的な関係を温存するとはよく知られていることだが、飼い猫に母猫扱いされる飼い主としては、ギャーギャー鳴きわめく変則的な「仔猫」を前にして、どういう態度をとるべきなのか、困惑してしまう。

頭を撫《な》でてやってください、と看護婦は言うし、それがもっともだと思いはするものの、こちらが母猫なのだとすれば、バカ、大きななりをして、と鼻面《はなづら》をピンとたたいてやってもいいような気もするし、あるいはトラーにしてみれば、悪い人たちを母猫が毛を逆立てからだをふくらませて威嚇《いかく》し追っ払ってくれると期待しているのかもしれないではないか、などとふと考えてしまうのである。どっちにしても、とんでもない「異物」と暮すことになって、この十二月十八日で丸三年になる。

狩猟は休止中らしい現在、トラーは押入れからトイレットペーパーを咥え出しては喰《く》いちぎって遊んでいる。

エビに猫舌無し

トラーの大好物はエビで、昔の猫は、エビなどというものは、おすしか天丼《てんどん》か天ぷらうどんの出前を取った時にシッポをもらうという接し方しかしていないから、猫の大好物がエビ（およびカニ）だなどということは考えてもみなかったことだった。スルメイカはどんな猫でも大好きで、しかし、イカは猫には毒で食べすぎると腰を抜かす、ということは、子供がチョコレートを食べすぎると鼻血が出る、という言葉と共に小さい頃からよく聞かされてはいたし、子供の頃家で飼っていた猫が、魚屋で盗んだ生のスルメイカ一パイを食べて本当に腰が抜けて動けなくなってしまったことがあったから——チョコレートをバカみたいに食べすぎて鼻血を出したという噂《うわさ》のあったイトコもいた——程々の分量を与えるぶんには害がないということもわかっていた。

トラーがエビとなると夢中になるということがわかったのは、クール宅急便で取り寄せた鮮魚のお買得セットに入っていた甘エビの刺身をつい与えた結果だった。もともと猫というのは保守的な生き物で、今までに食べたことのない食物に対しては実に懐疑的な態度で臨み、鼻を近づけてフンフン匂《にお》いをかぎ、しばらくためらった後に舌の先で見たことのない食物を少し舐《な》め、からだを起こして、これは何か、と考え込むように前方を見つめ、それからまたもう少し舐め、それが口に合わないと、立ち上ってその食物をまたぎ越してから前肢でパッパッと砂をかける動作、大小便の後で行う動作を模倣して、これは自分の食物ではない、ということを示すわけである。そうした、文字通り糞生意気《くそなまいき》とでもいうべき態度で、何種類もの猫用かん詰や養殖のタイ、ヒラメ、アジが無視され、結局、かん詰はカルカンのアジ（小型かん）、モンプチ・ゴールドの白身魚アンドエビならばどうにか食べるということがわかったのは、なにしろトラーをほんの仔猫の時分から私たちが育てたというわけではなく、生後五、六ヶ月の頃に迷い子になったか捨てられたかして、マンションに迷い込んできたどこかの飼い猫だったのに違いないのだから、そういう態度をとることも、こちらの躾《しつけ》の悪さのせいではないのだ。

ロバート・アルトマンの『ロング・グッドバイ』（シナリオは、リー・ブラケット）は、エリオット・グールドの演じるフィリップ・マーロウが大きな赤トラの猫を飼っているという設定になっていて、お腹《なか》をすかせた猫にエサを与えようとして台所の猫カンの買い置きの入っている戸棚《とだな》から、カンを開けて皿に出してやると猫が食べないので、開けたカンのブランドを見るとそれが飼い猫の好きなブランドではなかったことに気づいて、戸棚の中を探すのだが残っているのは嫌いな猫カンばかりなので、ゴミ箱から猫の好きなブランドの空きカンを取り出してこっそり中味を詰め替えてから、猫にカンのブランドをわざとらしく見せる、というシーンがあったのだが、これはむろん映画的ギャグというものであり、実際の猫はそういう姑息《こそく》なやり方には決してだまされないのである。

　甘エビを食べるのは初めて（の、はず）のトラーは、ウッ、ニッ、と息を呑《の》むような小さな叫びを二声もらし、全身の毛を軽く逆立て、ヒョイと四肢《しし》をそろえてからだを縮めてから、皿の上の甘エビに跳びかかり、クニュクニュ噛む音をさせながら、あっという間に食べてしまい、甘エビの刺身の皿の載っているテーブルに跳びのって、一声高く澄んだ声で、ニャーアー、と鳴くのだった。能登《のと》でとれた甘エビは単純な割算で一尾一〇〇円で、私と姉は、顔を見合わせ、そうね、まあ、はっきり言って、甘エビってあんまり好きじゃないな、そ、すくなくともトラーのようには好きじゃないことは確かね、甘エビは身の部分よりむしろ頭の殻《から》に入っているミソの方が、あたしら、だったか、うちらだったか、とにかく地元の者にはおいしいって、金沢の芸者も言ってたもん、と言いあいながら、結局甘エビを全部食べさせてしまったのだった。それからは大正エビのゆでたものもトラーの食事にくわわることになった。

だって、エビは猫には毒なんだよ、と教えてくれたのはフランス映画社の川喜多和《かず》子《こ》さんで、どうしてなのよ、と訊《き》くと、理由は知らないけど、小学生の時分鎌倉《かまくら》の家でバーベキュー・パーティーがあって、焼いたエビの残りの、と川喜多さんは十五、六センチの間《かん》隙《げき》に両手を開いて、これくらいの車エビを一匹食べたうちの飼い猫はその日のうちに死んじゃったよ、と言うのだった。エビが原因だったわけ？　と再び訊くと、だってそれまでは凄《すご》く元気だったのに、口から泡《あわ》を吹いて死んでしまったのだ、と語り、私たちは、うーん、と絶句したのだったが、その後で、編集者の伊藤さんから、そうよ、エビは猫には毒だって言うわよ、うちなんか一日に小さいゆでエビ二匹って決めてるのよ、それ以上はいくら欲しがってもやらないの、それも、もちろん毎日やるわけじゃないのよ、という話も聞いた。後肢を嚙まれてケガをしたトラーを病院に連れていった時に、猫医者に、「と言うけれど、それは本当ですか？」と質問すると、「うーん」ではなく、明快な「うん」という返事なので、こちらはいくらか顔色が変わった。「ここにも」と猫医者は言うのだった。「そういう急患が運ばれてくるね。どこも具合が悪くなかったし、食欲もあった猫が急に全身を痙攣《けいれん》させたって言うんだけど、そういう猫は、たいてい、魚屋かおすし屋で飼われてる猫」なのだそうで、エサは何を与えていますか、と訊くと、急患の飼い主は、◯◯ちゃんはエビが大好物で、種類は問わず何でも好きだから、それがまあ常食で、と答える、と言うので、トラーもエビが大好物で、もう、ゆでたての熱いのでもガツガツ食べちゃうんですけど、とおずおず訊《たず》ねると、そりゃあね、エビの嫌《きら》いな猫はいないです、と断言し、でも猫にわざわざ毎日エビを買ってやる人っていないでしょう、適量を与える分には心配することないですよ、と言うから、ええ、そりゃあ、まあねえ、そうでしょうね、と笑ってごまかしつつ、で、適量っていうとどのくらい？　と重ねて質問すると、普通の人間がエビを食べる時にわけてやるといった程度の頻度《ひんど》で与えているぶんには害がない、と答えたのである。

　ところで、エビ（およびカニ）に含まれるタンパク質中のナントカという成分に猫の中《ちゅう》枢《すう》神経を冒す物質があって、それが一定の量を越えると急激な痙攣とやがては死に結びつくのだそうで、患者も口から泡を吹いているけれど、飼い主も蒼白《そうはく》になって泡を喰ったように飛び込んでくる場合がほとんど、なのだそうだ。

　治療が終わってさっきの大騒ぎをケロリと忘れて診察台におとなしく座っているトラーは、医者の話を理解しただろうか。

　トラーを入れたバスケットを交替で持ちながら帰りの道すがら、魚屋かおすし屋でなくても、猫にエビを毎日食べさせる飼い主が現にいることや、普通の人間がエビを食べる頻度というのは、例えば月にして何回くらいのことなのか、私たちはエビなどというものは年に何回という程度にしか食べないけれど、と話しながら家に戻り、バスケットの蓋《ふた》を開くとすぐに跳び出したトラーに、医者の話を理解したかどうか確かめるためエビを一匹皿に出してやると、どうしたことか、いつもはあんなに夢中で、エビに猫《ねこ》舌無し、といわんばかりに熱さなど物ともせずに喰いつくトラーは、エビを食べずに一緒に皿に入れてやった煮干しだけを食べるのだった。

　その時以来、トラーには「権威主義者」というアダ名が付けられたのである。川喜多さんの話も伊藤さんの話も信じなかったくせに、猫医者の言うことはすぐ信じちゃうというのは、トラーが権威には弱いということではないだろうか。トラーの権威主義的方針は三日間続きその間、一匹もエビを食べようとしなかったのには恐れ入ったというかあきれはてた。その後は、伊藤さん方式の一日に二匹まで、それも一週間に一度か二度、エビを食べさせることになったのだが、その度、全身の毛をふくらませ、ウッ、ニッ、と溜息《ためいき》とも喚声ともつかぬ声をあげて大喜びをする。こんなにも大好きな食物がからだに毒というのは、まあ、かわいそうと言えなくもないような気もするのだ。

ウサちゃん

猫は、犬のように舌を出してハアハアいったりしないし、いつもキリッと口を閉じているから上品でお行儀がいい動物だ、と亡母はよく言っていたものである。

子供の時分いろいろと飼っていた猫のなかで、白地に赤トラの、大人しくて性格はいいのだけれど、見ためがあまり可愛《かわい》くない猫がいて、そのじいさん猫が火鉢《ひばち》のそばでお香箱を作ってウトウトしているうちに年のせいなのか口が少し開いて、桃色の舌の先を一センチ程出したまま、コックリをするように何度も頭を軽く前傾させながら低くいびきをかきはじめると、母は、犬みたいで行儀が悪い、と言って笑うのだったが、確かに猫というものは、からだを舐めたり口のまわりや鼻に飛び散った食物の汁を舐める以外は、舌を出していたりはしないものだ。それは犬と猫の運動量というか狩りの仕方の違いからくるらしく、ようするに猫は舌を出してハアハア呼吸する必要が生じるような動き方をしない、とローレンツは『人イヌにあう』の中で書いている。とはいうものの、蛇《へび》を咥《くわ》えて台所の窓から跳び込んで来たトラーは、蛇を殺してしまった後で、胸を大きく波打たせながら口を開き舌を出して呼吸していたから、それはなかなか大変な大仕事だったのかもしれない。

　ところで、トラーには奇妙な癖がある。家にやって来た五、六ヶ月の仔《こ》猫だった時分からの癖で、眠っている最中、あるいは眼《め》をさまして最初ののびをする時に、頭の横についている耳をピンと縦の向きに長く伸し、そうすると顔も伸びるのでやや面長《おもなが》の顔立ちになり、四肢《しし》も思いっきり伸しながら、同時に舌を思いっきりニュウッと突き出すのだ。横になって眠ったままでそうする時もあるし、起きあがって四肢をそろえ背中を丸めるようにして脚を思いっきり伸しながらそうすることもあるのだが、どちらの場合も眼は閉じたままで、普通に眠っている時の猫の眼は、鼻梁《びりょう》の両端に左右対称に、「へ」の字の長い折れ曲がりをグッと上の方へ持ちあげた形になっているのが、その時は片カナの「ノ」の字のカーヴを逆にした形になり、それでなくとも、もともと大きい耳を持っているトラーの耳はピンと長く縦にまっすぐに伸びて、桃色の舌が三センチ程ニュウッと突き出されるのは、なんというか、異様な眺《なが》めである。それは、ほんの一秒か二秒といった瞬間で、すぐに脚はゆるめられ耳も元に戻って舌も引っ込められてしまうし、トラーが眠っている時、偶然目撃することが一日のうちに一度か二度ある程度のことだから、なかなかそれを写真に撮るというチャンスはない。

　このトラーの舌突き出しをなぜ「ウサちゃん」と呼ぶようになったかと言えば、ピンと伸した耳の形と毛皮の色が野ウサギに似ているからであって、野ウサギがベロをペロッと出す習性があるからというわけではないのだけれども、ヒッチコックの撮った最後から二番目の映画『フレンジー』には、ネクタイで締め殺された女の顔がクローズ・アップになって、その画面では、どこで読んだのかどこで聞いたのかは覚えていないものの誰もがなんとなく知っている首吊《くびつ》りの死体や絞殺《こうさつ》された死体は舌をダラリと垂している、という事実が映し出されるのである。

　野ウサギのパテというものも最近では日本のフランス料理でなじみになったものの一つで、野ウサギの生きているのは見たことがないものの、それが料理されるということは知っていて、散弾銃で撃つ場合もあるのだろうが、ジャン・ルノワールの『ゲームの規則』のジュリアン・カレットの演じた密猟者のように罠《わな》を仕掛ける場合もあり、そうした場合には野ウサギは料理になる前に首を締められるのかもしれず、そうするとやはり、舌がダラリと垂れるのかもしれないから、やはり、トラーの舌突き出しは野ウサギと関連づけられて呼ばれても不自然というわけのものでもないように思われる。

　それを「ウサちゃん」という言葉で呼ぶのは、カマトト的に醜悪ではないのか、という批判もあるかもしれないという気はする。しかし、むろん、そんなことを気にしていては、猫、というかトラーなど飼えはしないのだから、なんと言われようとも「ウサちゃん」でかまわないのだが、平岩米吉が、猫の生態についていい加減な記述があると批判するマイケル・W・フォックスは、『ネコの気持ちがわかる本』（主婦の友社）のなかで、猫は野生動物の敵でもあると書いていて、確かに「ウサちゃん」でもあるトラーは蛇やモグラや鳥を獲るし、知人のアメリカ人の女の子は、自分の家の猫が何匹も何匹も野ウサギを咥えて、居間に入って来るのだけれど、それだけはやめてくれと言いたい、と溜息をついてもいた。『ゲームの規則』のジュリアン・カレットだったら、猫の咥えている野ウサギを横取りして眼玉をギョロギョロさせ、あの独特の舌ばかりかノドまで震わせるような巻き舌で、「おれのウサギだ」と宣言し、詰め物入りローストかパテにして、毛皮は情婦にプレゼントするところだろうが、しかし、言語学者の西江雅之《まさゆき》は少年時代、終戦後の東京の南長崎で近所の猫を狩猟して毛皮で防寒手袋を作っていたというのだから、野生動物の敵にも敵はいるのである。西江雅之は大人になってからシャム猫を飼い、近所のおばさんに家の猫ですのでよろしく、と挨拶《あいさつ》をしたところ、フン、三十年前、家の猫を手袋にしたくせに、と怒鳴られたそうである。

日だまりでの昼寝

晩秋から早春にかけての暖かくおだやかな昼間、近所を散歩していると日だまりになったマンションの入口の階段や家の門扉《もんぴ》に上体をもたせかけるようにして四肢を気持良さそうに伸しうつらうつら眠っている猫と出あってしまうと、猫は気配に耳ざとく気づいて、ほんの少し頭を持ち上げ気味にこっちを見上げる。顔を大きく見せるために——もちろんライバルのオス猫に——耳の後から頰《ほお》のあたりにムクムク密生しているオス猫特有の頰毛、と冬用の下毛がみっしり生えて厚ぼったくなっている首の周囲の毛の中に顔が半ば埋れているといってもいい程で、薄っすらと細く開いた釣《つ》りあがった眼と、ほんの少し面倒臭そうに開けて眠そうにしゃがれて粘つく声で「ビニャ」と鳴く時にチラッとのぞく肉色の舌と、明るい陽光のなかで透明に光りすぎるために可視の一線を超えているかのようなヒゲと、カラス貝の内側のような灰色でツルリとしてピカピカの耳と、眠り込んでいたせいで少し乾き気味になり、短い毛がなめらかに密生している鼻のあたりの毛が微《かす》かに毛ばだった白と黒のブチ柄《がら》の大猫は、せっかくのお昼寝を邪魔されたので気分を害したというわけでもなさそうに、からだの横に伸していた四肢を縮めるようにしながらくるりとからだのむきを変え、前肢を頭の上に伸し、後肢もピンと伸して寝そべったままぐうーっと背中を弓なりにそらせ、また四肢を横に投げ出してうつらうつら眠りはじめる。

ぽかぽかとうららかな日だまりの中にいる猫は——猫に限ったわけではないけれど——つい眠くなるらしく——うららかな日だまりの中にいなくても猫はすぐ眠りたくなる動物だが——暖かい日の光を毛皮いっぱいに吸い込んでふわふわにふくらんでいる。

表面を覆《おお》っている長目でやや堅い被毛の下には冬ともなると柔毛《にこげ》が部厚い羽毛状（毛色が色っぽい猫の場合）、あるいはラクダの毛布状（家の飼い猫トラーのようなトラ柄の場合）に密生し、それでなくとも初秋の頃《ころ》から皮下脂肪が増えるとみえて太りはじめている猫たちの毛皮は、深々と密生した冬の下毛の分量のせいで顔や首の周辺が割れて柔らかな下毛がのぞいている状態になっているのだが、それが日光にあたると、よく晴れた朝に南に面した物干し台で干したふとんがパンパンにふくらむように、もしくは一晩使用した羽根枕《はねまくら》をベランダでパンパンたたくとふわりと元どおりにふくらむような具合に、からだ中にぎっしり生えた毛の一本一本の隙間《すきま》を暖かい空気でいっぱいにして、さらにふくれあがるのだ。

日なたぼっこをしているうちに眠りこんでふわふわにふくらんだ猫と散歩や買物の途中の道で出あうと、たいていの猫は「びにゃ」と一声鳴くのだが、これは人間の言葉で言えば、いいお日和《ひより》で、という意味であることは説明を要すまい。日だまりでの昼寝からブラブラ歩いて戻ってきた猫はふかふかの日なたくさい匂いをさせ尾をピンと立ててまだ眠そうに眼を細くしたまま「ニャア、ニャア」と鳴き、これは言うまでもなく「ただいま。お腹《なか》がすいた」という意味で、その後さらに日なたくさいあたたかな額をこちらにグイグイ押しつけながら仔猫のように細く高い声で鳴くのは「好き、好き（おいしい魚をくれるから）」という意味である。

　日だまりでの昼寝をおえて軽い食事をすませた猫はその時々の気分で、散歩かテリトリーの見張りか他家の訪問もしくは狩りといった用事のためにそそくさと外出することもあるが、そのまま部屋の中のお気に入りの場所で本格的に眠りはじめることもある。そしてそのまま朝まで眠りつづけて、滅多なことでは決して眼をさましたりはしない。

『唐代伝奇集』（前野直彬《なおあき》訳、東洋文庫）のなかに「東陽の夜の怪異」という作者不詳の話がある。進士の試験に及第した王学源という男が作者に語ったところによると、これは王が旅の途中で出あった自虚という男から聞いた体験だというのだが、自虚は旅の途中で道に迷い雪の降りしきる夜中、かすかな光をたよりにたどりついた古寺で何人かの老人や男たちと一夜清談と詩作の楽しみにふける。すると仲間うちで言い争いがおきて、一人の男が一人の男を「なんの取りえもないのに、身ぎれいだとかいう評判が立って、倉庫の番が上手だそうな。だがきたないものを食うという、人の口には戸が立てられないのも、身から出たさびだね」とけなすと、けなされた男は腕をまくり上げて大憤慨し、「子供にじゃれつき、酒屋の旗の見張り番、狐《きつね》みたいに人をだまし、あぶらを盗んではかまどで居眠り、そいつが人のことをとやかく言えるものか」と言いかえして、えらそうに詩を吟じる。

肉を賜いし主の恩の
深きを思うそのゆえに
日のたくるまで長々と
錦《にしき》のふすまにうずくまる
人の心の白黒を
おぼえん道を学ぶにぞ
よき餌《えさ》をもていざなうも
などか動かんわが心

というのがその詩なのだが、「東陽の夜の怪異」という題名が示しているとおり、一夜の清談と詩を吟じた男たちは、朝の光の中で見れば老いさらばえた病気の駱駝《らくだ》、痩《や》せこけた驢馬《ろば》、年とった鶏、大きな三毛猫、はりねずみ、毛のまったくぬけ落ちた異様な形の犬、痩せ牛だったという正体がわかり、自虚は茫然《ぼうぜん》としたまま、四、五日は魂がぬけた人のようだった、というのである。

それぞれの動物の吟ずる詩は謎々《なぞなぞ》になっていて、引用したのは犬と猫の言い争いの部分と、猫の吟じた詩である。

猫はなぜ一日の大半以上を眠るのか。日のたくるまで長々と錦のふすまにうずくまるのか。なるほど、とこの詩を読んだ読者は思わずにはいられない。なるほど、そういうわけだったのか、肉を賜いし主の恩の深きを思うそのゆえに、眠るのだ。そういうわけで、猫は眠るのである。

ピクニックに行こうと思う

空気が暖かくなって午後の日差しが長くなると、どこか戸外の草の上で昼食をゆっくり楽しみたくなる。

窓の外に眼《め》をやれば午後の日差しに木々の若葉が柔らかな新鮮な緑色に輝いていて、これは是非とも明日かそれとも明後日——天気や何やかやの関係で来週のほうがいいかもしれないけれど——には早起きをしてお弁当を作って、どこかにピクニックに行かなければならない、と思うのである。散歩から戻って来た猫《ねこ》の毛皮はすっかり太陽にあたためれてふわふわになり日なたくさい匂《にお》いをプンプンさせて、瞳《ひとみ》を細い糸のような紡錘形にしながらしきりにからだを舐《な》めているし、どこかへ出かけて、自分でも猫の毛皮のように日なたくさい匂いをプンプンさせながら帰ってきたいではないか、とにかく、行かなければ、と思っているうちに時間はすぐにたってしまう。

一九三六年に撮られ、おそらくはジャン・ルノワールの気まぐれのまま、二つのシーンの撮影をすまさずに中断され、十年後、第二次大戦後の一九四六年に、プロデューサーのピエール・ブロンベルジェの頭に突然ひらめいたアイディア――何年かの時間が登場人物たちの生活のなかで過ぎ去ったことを示すはずの二つの撮影されなかったシーンのかわりに、画面に、そして数年が過ぎた、という意味のスーパーインポーズを入れる――のおかげで、今日私たちは『ピクニック』という映画を見ることが出来るのだが、あれこれと片づけなければならないことに手をつけているうちに、あっという間にピクニックへ出かける機会はなくなってしまう。そんなはずはないのに、出かけるのに必要なはっきりとした欲望がなくなってしまうのだ。

　モーパッサンの短篇を原作としたルノワールの小品『ピクニック』は、パリの牛乳屋の一家がある初夏の休日、牛乳配達用の店の馬車に乗って郊外の川べりに遊び、ブルジョワ的気分にすっかり自己満足して魚釣りの後で昼寝をする父親たちとは別に、初夏の川べりのなだらかな斜面の草地のサクランボの実る木の下で、身うちから浮きあがってコルセットで固くしめつけられた胴体からはちきれそうにあふれる暖かでみずみずしく息づく甘やかな官能を体験する少女の一日と、その数年後の一日の物語である。

　柔わらかな初夏の強すぎない午後の光のなかで、薄いローン地のサマー・ドレスを身につけた牛乳屋の娘シルヴィア・バタイユ（当時、ジョルジュ・バタイユの妻で、その後映画プロデューサーのピエール・ブロンベルジェの妻となり、後には精神分析学者ジャック・ラカンの妻となる。山田宏一《こういち》のインタヴューでブロンベルジェは、自分は世界的思想家と学者のパンにはさまれたハムだ、と語っている）は、木もれ日の明るい光にむかって、まるで仔猫が母猫のお乳のにおいを顔中一杯に吸い込もうとして小さなピンク色の鼻をヒクヒクさせながらあごをつきあげるようにして光と一緒に樹木と草と果実の匂いをからだ全体で吸い込み、初夏の陽光と川霧と朝露を吸って小さな赤い果実として熟したサクランボを一つ枝からもぎ取って、その果実を、首をのけぞらせてあおむいたままの姿勢でまるで接吻《せっぷん》するように唇《くちびる》にくわえる。

　若い娘は、恋と呼ぶのにはあまりにも官能的すぎるピクニックの一日に、ボート遊びに誘われた初対面の男に中州の島の草むらのなかで抱かれるのだが、その一日の初夏の出来事を、牛乳屋のおかみさんとなった少女が夢のような恋の一日として、時々なつかしく思い出す、というモーパッサンの市井《しせい》スケッチ風の短篇と、ジャン・ルノワールの映画が決定的に違うのは当然のこととして、ルノワールの『ピクニック』を見ると、ふと岡本かの子の『女體開題』のことを思い出すのである。奈々子《ななこ》と菊枝という年齢の違う二人の女主人公を持つこの小説には、肉体のうちがわからわきあがる処女の官能的欲情が、奇妙なリアリティでもって語られる幾つかの場面があり、明治の三十年代という小説の時代背景もあって、官能のゆり動かされる情景には、いつもなまめかしい歌詞の小唄《こうた》の節が秘めやかなうねりのように漂っていて、それは小唄のリズムに重なる動物のほえ声や釣り糸にかかる魚のはねる動きによって、小唄的リズムによってあおられた欲情から、別の種類の拓《ひら》かれた生命感へとひろがって行くという構図を示している。岡本かの子としては、自分の長篇小説をそう進行させざるを得なかったのだし、それはそれとして別のかたちで語る必要のあることなのだが、しかし、それならばルノワールの『ピクニック』という四十分程の短い映画のなかで起きる出来事は、一体何なのだろうか。

　暖かな川べりに光があふれ、草地の上で木もれ日がチラチラ踊り、川の上を吹き渡る風が甘い草の匂いを運び、川を進むボートの舳先《へさき》で水が泡立《あわだ》ち、川面《かわも》には無数のガラス片が反射するように光がたわむれ、草の上でうつらうつらと船をこぎはじめる老婆《ろうば》のスカートの上では、ほんの小さなてのひらの上に載ってしまいそうな白と黒のブチ柄の仔《こ》猫がもそもそと動き、光線と見分けがたい細い細い仔猫のヒゲが輝きながら揺れ、薄いローン地のサマー・ドレスと下着に覆われた若い娘の腰は草地の生あたたかい湿り気を感じているだろうし、赤く熟したサクランボの艶《つや》やかな弾力をおびた表面は、自分の唇と同じくらいに赤く柔らかなみずみずしい弾力を持っている。川べりの宿屋の庭の木に吊《つる》されたブランコをこぐ娘のスカートは、光のなかで遊ぶシルフィードの衣装さながらで、つつましく白い絹のストッキングで覆われた脚は、風にひるがえるスカートの裾《すそ》から、今にも膝《ひざ》の上まで見えそうで、生垣《いけがき》越しを老神父に従って歩いている若い神学生たち（神学生に扮《ふん》した一人がジョルジュ・バタイユだというまことしやかな伝説があるが、山田宏一によるインタヴューのなかでプロデューサーのブロンベルジェは否定している）は、思わず横目使いにブランコの娘に見とれてしまう。そのようにして、娘は、川べりの宿屋に遊びに来ていたプレイ・ボーイ風の若者に誘われ、「恋愛」の持つあれこれの苦悩やら喜びやら不安のともなう長いやりとりや手続きの一切を省略して、中州の島の丈高く生《お》い繁《しげ》った葦《あし》のなかに横たわり、カメラはシルヴィア・バタイユの軽く開いた唇と見開かれた眼に近づいてクローズ・アップになり、さらに画面は、ヒッチコックの『サイコ』の殺されるジャネット・リーの眼のクローズ・アップと匹敵する大きさの、シルヴィア・バタイユの眼のクローズ・アップになる。

　モーパッサンは、パリの下町の牛乳屋の娘のピクニックの一日の官能的な秘め事を、よくある市井の話としてスケッチするだけだが、ルノワールの『ピクニック』は、その「よくある話」を何かまるで肉体的官能の出あう崇高な瞬間とでもいったものに変えてしまうのだ。窓の外にはまだ午後の日差しが輝き、木々の葉の間をとびかう小鳥の白っぽい羽がちらっと光り、薄い水色の空をゆっくり雲が流れて行く。散歩から帰って来た猫は窓辺の椅子《いす》の上で長々とからだを伸して眠り、ヒゲの先が光を浴びてテグス糸のように透きとおって光り、寝息をたてるたびに微《かす》かにふるえている。

　ピクニックに是非行かなければならない、と思うのだが、考えてみればどこへ行っていいのかわからないし、なんだか面倒な気がしなくもないのだ。窓を開けると風が吹き込んできて、眼をさまさず姿勢も変えずに耳だけを動かし、猫が吹き込んできた風に反応する。甘くさわやかな風が顔に吹きつけて、あたたかな光が全身に浸みわたり、思わず頭上のサクランボをもいで口にふくむ、というそういう瞬間を経験するために、戸外には出むかず、映画館へ行こうと思ってしまうのはなぜなのだろう、とふと考えなくもないのだが、光にあふれた戸外を見ていると、記憶をゆり動かすのは、スクリーンのなかにあふれる様々な陽光のきらめきであるという事実を、悔恨の念を混えずに考えるのには無理があるようにも思え、それはそれとしてあきらめる他にないのかもしれない。

　猫は眠りつづけていて、からだのむきをかえる。長々と伸びていた四肢《しし》をグィッと上にむけ、前肢《まえあし》を関節のところで柔わらかく曲げ、後肢は伸したままあおむけになると、お腹《なか》の部分のフワフワした明るい色の毛は、冷やして固めるまえの杏《あんず》入《い》りババロアがクリーム状に角立っているように見え、窓から差し込む光のなかで、呼吸するたびに杏色の毛は泡立ちながら波打つ。

増殖する物体としての本

つい何日か前、『本を書く人、読まぬ人、とかくこの世はままならぬＰＡＲＴⅡ』（日本文芸社近刊）の初校ゲラに手入れをして渡したばかりで、おまけにこのところ体調を崩しているものだから、なんとも「本」という物体がうっとうしくてならない。本を作るとか何かを書くという仕事をしている時の常で、部屋には本棚《ほんだな》から出したまま元の場所に戻していない本と、古本屋に持って行ってもらうためにつみ重ねて置いてある本がゴッチャになっていて、ゲラを読みながら確かめる必要のある部分が載っているはずの本を見つけ出すのに大騒ぎをしなければならないのだった。

　目的の本を見つけ出すべく、苛々《いらいら》と焦《あせ》りながら本の山を崩している――背が全《すべ》て同じ一定の方向をむいてつみ重ねてあれば、一冊を見つけようとする時、それ程大騒ぎをすることもないのだろう、と反省する気持も混じったりするので――と、さあ何か面白いことをして遊べるのではないか、と興奮して鼻の下とヒゲの生えている部分をふくらませたトラーが走って来て、本の山に前肢《まえあし》でじゃれつき、私はつい目的を忘れ、「猫《ねこ》の手も借りたいほど忙しい」という言葉について考えはじめてしまう。

考えるというほどのことでもないのだが、なぜ、人は忙しい時に犬ではなく猫の手を借りようと思うのかと言えば、犬はもともと働く動物なのだし、そこへいくと猫が家の中で飼われているうえに、どういうわけか大変好奇心が強く、ちょっとした物音やら見なれない目新しい物を聞いたり見たりすると鼻をつっ込みにイソイソ近くにやって来るという習性から言われはじめた慣用句なのだろうと思われる。本の小包みを開く、買物の包みを開く、新聞をひろげる、整理をするためにタンスや机の引き出しを開ける、テーブルの上でグリンピースのサヤをむく、といったようなことを始めると、トラーは鼻をヒクヒクさせながらやって来て前肢でとりあえずいろいろな物に触れてみるものだから、それを称して私たちは、「トラーちゃんのお手伝い」とか「また、手伝いたがりが始まった」と言っていたのだったが、古人は、そうした猫の様子を観察しつづけた結果、「これほど、いつでも手伝いたがる様子を示すのだからそれならば（いっそ）猫の手も借りてやったらどうだろう」と、言ったのだろう、というのが本を見つける手を休めて分析した結論である。

お手伝いにはすぐあきてしまって、トラーは再び丸くなって眠りはじめる。外は雨が降っているし、もともと本などというものは、爪《つめ》でビリビリに引き裂く時以外には興味がないのだ。そうこうしているうちに——私はようやく目的の本を見つけ出して、ゲラ刷りの引用部分と照合しおえる——外では雨があがったらしく鳥の啼《な》き声が微《かす》かに響き、ぐっすり眠りこけていたトラーは、いきなり頭をもたげると、「こうしちゃいられない」とばかりに起きあがって物も言わずいそぎ足で窓から出て行ったのだったが、眠りこけていた猫が、むっくりとおきあがり、「こうしちゃいられない」という台詞《せりふ》を言って、急いで飛び出して行く、という話を何かで読んだことがあるのを思い出し、それが、イングランドだったかスコットランドの昔話で、確か「猫の王様」というタイトルだったはずではあるけれど、その昔話が収録されていた36巻だったか42巻だったかの「世界神話・説話大系」とかいった本は、場所をとるのと内容がつまらないのでとっくの昔に売ってしまったことも同時に思い出したのである。

　さて、私は本は溜まると場所をとるので、本のある生活というのは、本当にいやなものだ、ということを本稿（「本のある生活」という主題で書くことを求められた）の主題として選んだのだったが、その前に「猫の王様」という昔話を紹介したいと思う。

　ある、冬の夕刻近くお百姓が自分の畑で仕事をしていると畑を囲った丈の低い石垣《いしがき》の向うを、大きな何匹もの猫たちの行列が、丁度大きな猫が入るのにぴったりの黒い棺桶《かんおけ》をかついで村の墓地の方へ向って歩いて行くところで、棺の上には小さな見事な細工の王冠が載っていた。不思議な光景を見たお百姓は家に帰って台所で夕食を食べながら、おかみさんに自分の見た猫の葬列のことを話してきかせた。すると気持良く燃えている暖炉の前で丸くなって眠っていた飼い猫のトム（黒い大きなオス猫）が急に起き上がり、「じいさんが死んだんだ。こうしちゃいられない！　猫の王位を空位にしとくわけにはいかないぞ、行って王様にならなくちゃ！」と（人間の言葉）で叫んで、後も見ずに外に飛び出して行き、二度と戻ってこなかった。

　というのが、その昔話で、この短い話は、それまで眠りこけていた猫が、しばしば、いきなり「こうしちゃいられない」とばかりに（人間には理解不能な唐突さで）行動をおこすこと、去勢していないオス猫は家を出たきり戻ってこないことがあるという、猫一般の生態についての主題を見事にとらえていると思うし、さらに、猫の飼主一般に非常によく見られる愚かな思いこみという主題――自分の飼猫はとても立派で堂々としていて美しい、まるで王様とかケイリー・グラントとかジョン・ウェインみたいだと、飼い主はとかく思い込む――をも、正確に物語として語っているのである。

　ところで、本というものは溜《たま》ると本当にうんざりするものである。広いとは決して言えない賃貸マンションに住んでいると、本というものは、やはりある程度溜ったところで処分しなければならなくなる。かなり少ない量だとは思うけれど、スライド式本棚六つと普通の本棚二つに収納出来ない分量の本は、捨てるか古本屋に売ることに決めたのだが、そうやっていると、時々、売ってしまったり捨ててしまった本が必要だった、という事態があったりもして困惑することがなくもないけれど、小説家などという職業は、批評家と違って、まあいいか、ということですませてしまっても、それですむと言えばすみもするのである。

二、三年前、本棚を灰色のすりガラスの扉《とびら》付きの大型の物に買い換えたのは、本の背を見ながら食事をするのがいやだからという理由だったのだけれど、とは言え、結局のところ、食事もそこでする居間のテーブルの周囲には、姉と私の読みかけの本や買って来てまだ読んでいない本が積み重ねてあるのが常態だし、寝室にも本棚に入りきらない本が積み重ねて置いてあるし、書き物机の上にも、本が置いてある。

読んだら処分する、という鉄則を守ったところで、いつの間にか増えつづけてしまうのが本というもので、少し仕事が忙しかったりして燃えるゴミとして出しそこねてしまって溜ったりすると、かなり重いものだけにまた厄介《やっかい》なものなのだ。配達に来る米屋や酒屋や新聞の集金人に、玄関先に積んである処分することになっている本だから、読みたいのがあったら持っていってくださいな、と言うのだが、どういうわけか、彼等は島田雅彦《まさひこ》も高橋源一郎も三枝《さえぐさ》和子も村上春樹《はるき》も吉本ばななも大江健三郎も中上健次も丸谷才一も井上ひさしも読みたいとは思わないらしいのだ。ただでもそんなものは読みたくないというのは、当然といえば当然のことかもしれないし、それらの本は、むろん、一生愛読書として大事に保存する大勢の読者とめぐりあっていることも確かだろうという気はする。

たまたま手許《てもと》に処分せずに残っている本にしたところで、いつどうなるかはわからないだろうし、本を処分するということに幾分かつきまとう気持良さというものの心理について考えなくもない。

そこには幾分かの批評性というか、オーヴァーに言えば偏狭《へんきょう》な独裁者の行う焚書《ふんしょ》の気分もあるのかもしれない。物を書いているのだから、書くことによって批評をすればいいと思う人もいるかもしれないが、そういう面倒な手続きぬきに、読んだら捨てる、という形式でしかつきあう必要のない「本」はいくらでもあるし、読まずに捨てる「本」だっていくらでも世の中にはあるのだし、もちろん、いつか、まとめて批判をするために資料として保存しておく「本」もあるのだ。

『本を書く人、読まぬ人、とかくこの世はままならぬＰＡＲＴⅡ』のゲラから手が離れたら処分できる本のことを考えると気分が晴々するし、読めずに溜っていた本を、さて読もうと考えても気分は晴々する。

文字を読めるようになって以来の四十年、本が自分の生活の周辺に存在しなかったことは二度の手術の入院生活を含めて、一度もなかったし、肉体的な痛みを忘れさせてくれたのはある種の本を読むことによってだったと断言することも出来るのだが、だからといって、私は愛書家でも読書人でもないし、それは、増えつづける物体として常に不快なものとして、そこらじゅうに置いてあるものなのだ。

猫の爪研《つめと》ぎ

猫の爪研ぎとひとことで言ってしまえば、どうということもないし、子供の頃《ころ》から見慣れていた動作でもあったのだから、とりたててそれが珍しいものであるわけでもない、と思っていた。

もっとも、飼猫が家具や柱で爪を研ごうとする動作——後肢《あとあし》で家具や柱の前に立って前肢を上方に伸ばし爪を出す——を見せると、いつでも母親が（猫の母親ではなく私の）駄《だ》目《め》！　としかって頭をポンと軽く叩《たた》いていたから、飼猫たちは家の外に出て、木なり外壁の板なりを使って爪を研いでいたのかもしれないし、今でも路上駐車している車のタイヤで爪研ぎをしている猫を、よく見かけることは見かける。

私の今飼っている猫の場合は、ジュータンで爪を研ぐことになってしまっている。飼いたての頃には、ペット用品屋で「猫の爪研ぎ板」という物を買って用意してやったのだが、安っぽい合板を張りあわせて中が空洞《くうどう》になった長方形の箱にループ状の起毛のあるジュータンの切れっ端を糊《のり》付けして張ったそれは、作りがちゃちなせいなのか、家の猫が乱暴なせいなのか、すぐにこわれてしまい、飼猫のトラーは、およそ20×45センチの大きさのそれより、ずうっと自分の眼《め》の前や身体《からだ》の下にひろがっている床のジュータンのほうが広々として爪を研ぐのにも気分が晴ればれする、ということを発見した。

ジュータンがそのおかげでどういう状態になったかについては、贅言《ぜいげん》を費したくない、どうにも我慢の出来ない有様になったら張替えをすればいいのだから、まあ、眼をつぶって好き放題に爪を研がせてやることにしたのだった。もともとが安物のジュータンというかカーペットなのである。

そうやって猫に好き放題をさせてやったせいで、しかし、発見をしたこともある。子供の頃は、猫が外で爪を研いでいたせいでまったく気がつかずにいたのだが、猫の爪研ぎという行為をあまりにも漠然《ばくぜん》としか考えていなかったのだった。漠然と、獲物をとるために爪を鋭くさせること、くらいに考えていたし、自分で飼うようになってからは、その反対に、むしろ伸びすぎた爪の先をヤスリで磨《みが》くのと同じようなことなのか、それにしても、自由に外を出歩いているせいで爪の先はかなりすり減っているのになあ、などと不思議に思っていたのだったが、ある日、トラーが盛大にバリバリと爪研ぎをした後で、ジュータンの上に何か鈍く光る紫色がかった乳白色の小さな物がパラパラと落ちているのに気がついた。

手にとって、眼鏡を老眼鏡にかけなおしてその小さな破片を見ると爪だった。それも人間でいえば親指にあたる部分の比較的短くて太い爪が鞘状《さやじょう》に中が空っぽになって――全体としては、サイの角を鞘にするという中近東風の三日月形の刃物のような形――落ちていたのだ。一瞬、何か気がつかないうちにケガなり病気なりをして、爪が脱け落ちてしまったのかと思ったが、一番大きなその爪のまわりには、薄い爪のかたちの縦半分に割れた破片がパラパラ落ちているのを見て、「ああ」と納得がいったのだった。

　猫の爪は伸びるのではなく、空洞の鞘状になった内側から新しく生え替わり、古くなった爪が剝《は》がれるらしいのだ。古くなった表面の爪を効率良く剝ぐために、猫はバリバリと木の肌《はだ》や家具や柱やカーペットに爪をたてて研ぐのだということを、その時、はじめて発見したのであった。この研ぐは、刀や包丁を研ぐのより、むしろお米を研ぐに近いのかもしれない。周りに付いている余分なものを落として、きれいにする、というわけである。

　爪を研ぐのは前肢だけで、前肢の爪は、猫にとってまさしく研ぎ澄まされていなければならないものなのだけれど、同じ爪でも後肢のほうはわざわざ研がずにそのまま古い表皮が剝げ落ちるのにまかせておく。後肢はジャンプをする時に重要な役割を担《にな》うものの、鋭く尖《とが》った武器としては二次的な役割のものだし、普段は専ら自分の身体のかゆいところをひっかくために使うのだが、四つに組んで寝技に突入した猫同士のケンカの時には、後肢の爪を出してお互いにケリを入れあうから、もちろん、重要な武器ではあるのだが、まあ、二次的と言えるだろう。後肢で爪の横のかゆい部分をバッバッバッと音をたててひっかいた後で、毛皮に爪の薄い表皮が付着していたりすることもある。

飼ってみなければわからないことがあるから、猫というものは、やはり可愛《かわい》い。

「猫」散見

「吾輩が猫であるのは、もっぱらとりあえずのことにすぎない」（蓮實《はすみ》重彦《しげひこ》『夏目漱石《そうせき》論』）。とりあえず猫であるのにすぎない猫について、それが猫的でないという文句をつけてもしかたがないのは承知しているものの、その本を読む気になったのは、むろん、タイトルにひきつけられたからだった。東映の時代劇映画を毎週欠かさず——大映、東宝、松竹は隔週くらいの頻度《ひんど》で——見ていた子供にとっては、「拙者」とか「それがし」「余」「みども」「まろ」「わらわ」「わがはい」といった古風な自称語というものは案外耳慣れた親しいものだったし、「猫」はそれ以上に親しいものはいないくらいに身近なものだったから、『吾輩《わがはい》は猫である』という子供心にもアピールするタイトルには好奇心がそそられずにはいられなかったはずで、オレンジ色なのか赤味がかった茶色なのか、それとも朱色なのか、すっかり変色してしまっているので元の色が分明でない布装の漱石全集の一冊を読むことになったのだろう。『坊っちゃん』などは中とじの糸も切れかかっていたし、『明暗』は表紙がとれていたのは、母のきょうだい達が繰りかえし読んだせいに違いない。他人の家に泊ることになり客間にＯ・ヘンリー全集が置いてあったりすると、その家の知的水準というものが自《おのずか》らわかる、という意味のことをヘンリー・ミラーは『わが読書』のなかで書いていたが、Ｏ・ヘンリーの『赤い酋長《しゅうちょう》の身代金《みのしろきん》』を小津安二郎とハワード・ホークスが映画化しているという事実はさておくとして、大正から昭和の初期の家庭では、どんな家にでも一そろいの漱石全集があったはずで、子供の頃遊びに行った友達の家にも、かならず漱石全集の一そろいはなくとも端本《はほん》の二、三冊は本箱に収っていて、それを考えると漱石の顔が千円札の図柄《ずがら》におさまるのは当然のことだったろうと思えるのだ。

　漱石全集の一そろい（か端本）は、ミラーのような小説家に知的水準の低さを見破られずにすむ、という意味でも家に置いておけば今日でも充分役に立つはずである。

「猫」の物語などではない『吾輩は猫である』が、小学校高学年の子供にも結構退屈しないで読めたのは、わからない部分は飛ばし読みをしたからに決っているのだが、今読み返してみてもわからないところがあり、それは松の木に登った吾輩が木から降りる方法について語るくだりである。気取り屋の吾輩だから、木から「降りる」ことと「落ちる」ことは「ち」と「り」の差にすぎないなどと理屈をこねるのだが、その後がさらに小癪《こしゃく》にさわることには、「吾輩の爪は前《ぜん》申す通り皆後ろ向き（引用者註・ようするに鉤状《かぎじょう》に先端が内側に曲っているということ）であるから、もし頭を上にして爪を立てれば此《この》爪の力は悉《ことごと》く、落ちる勢に逆つて利用出来る訳である。従つて落ちるが変じて降りるになる。実に見易き道理である」と言うのだ。猫が木から降りるのには二方あり、「さかさになつて頭を地面へ向けて下りてくる」のと「上《のぼ》つた儘《まま》の姿勢をくずさずに尾を下にして降《おり》る」のとがあるのだが「人間の浅墓な了見では、どうせ降りるのだから下向《したむき》に馳《か》け下りる方が楽だと思ふだらう」と、吾輩は推測する、ところが「身を逆《さか》にして義経《よしつね》流に松の木越《ごえ》をやつて見給《みたま》へ。爪はあつても役には立たん。づる〳〵滑《すべ》つて、どこにも自分の体量を持ち答《こた》へる事は出来なくなる。是《ここ》に於《おい》てか折角降り様と企てた者が変化して落ちる事になる。此通り鵯越《ひよどりごえ》は六づかしい。猫のうちで此芸が出来る者は恐らく吾輩のみであらう」と、この猫は自惚《うぬぼ》れるのであるが、木に登って降りられなくなってしまい、救いを求めてニャーニャー鳴き喚《わ》めく小猫や、木に登ろうとして脚の筋力が未発達のためにズルズルすべり落ちる小猫はたくさん見たけれど、「さかさになつて頭を地面へ向けて」下りない猫などというものは見たこともないし、木からさかさになって降りる時、猫は「爪」を利用しないということが吾輩にはわかっていないようなのだ。

　山田風太郎は『半身棺桶《かんおけ》』に収められているエッセイのなかで、漱石の小説中の酒の飲み方と人へのすすめ方のあきれるばかりの少量さが、いかにも酒呑《の》みでない人物が書いたことを窺わせて信じ難いほど不自然極まりない、と書いていたが、『猫』における吾輩を死に導く「ビール」は、その不自然さをまぬがれているし、ましてその「ビール」が、調子の良い俗物ぶりで苦沙弥《くしゃみ》を不機嫌《ふきげん》にさせる多々良《たたら》三平の飲み残しであることも重要なことだろう。新鮮でスリリングであると同時に、ティマティックな批評の模範解答めいていなくもなかった『夏目漱石論』で蓮實重彦は、吾輩の死について、「ヴァイオリンが琴を凌駕《りょうが》することで語りつがれる小説」として「成就《じょうじゅ》することのない愛が間違いなく語られ」るなかで、二絃琴《げんきん》の御師匠さんの飼猫である三毛子への吾輩の愛には琴の音が具体的に響いていたのに「人も知るとおり、三毛子の突然の死によって成就することなく終り、以後、二絃琴が響く機会は失なわれる。そしてその瞬間を境として、猫はみずから行動する『存在』たることをやめ、聴き手に徹し、やがてその存在感をいちじるしく希薄なものとすることだろう」と書いているのだが、「ビール」もまた漱石的な主題として注目されてもいいかもしれない。娘との結婚ばなしの持ちあがっている寒月の人柄その他について教師の苦沙弥の家に問いあわせた金田夫人は、「後で車夫にビールを一ダース持たせてやった」のに「ジヤムは毎日舐《な》めるがビールの様な苦い者は飲んだ事がない」と言って受けとらなかったことを多々良三平的存在のヴァリエーションである鈴木藤十郎に、口惜しそうに語るのだが、金田令嬢との縁談がめでたくまとまったことを報告にきた多々良の手土産のビールを飲んで吾輩は水がめのなかで「水の中に居るのだか、座敷の上に居るのだか、判然しない」「只《ただ》楽である。否《いな》楽そのものすらも感じ得ない」状態で死ぬ。猫の死体が水の中に浮かんでいる様子は、「オフィーリヤ」の姿を連想させはしないのだが、しかし、「水」と「湯」という漱石的な主題には結びつくかもしれない。子供の頃に読んだ時は、四肢《しし》をのばして硬直し濡《ぬ》れた毛皮が身体にぴったり張りついて、ヒゲの先きに水の滴《しず》くが光っている眼《め》を閉じた猫の死体が眼に浮かんで、ひどくいやな気持になったものだが、今でも、この唐突な死による終わり方にはなんとなく違和感を持たずにはいられない。

　ところで、私の飼っているトラーは、子猫の時、グラスに注《つ》がれたビールの泡《あわ》に興味を示し、ビールがグラスに注がれるとテーブルに飛びのってはグラスに鼻面を突っ込み、泡を鼻に吸い込んでクシャミをするのだった。ビールなんか飲むと猫は死ぬんだからね、ビール飲んで死んだ有名な名無しの猫がいるんだから、と、姉と私はトラーに言ってきかせてやったのだったが、雑煮の残りのモチには、とんと興味を示したことがないのは、カツオ節のにおいに食欲をそそられるような貧しい食生活をしていない、内田百閒の「ノラ」や「クル」のように贅沢な食生活に慣れた猫だからだろう。

反復不可能

「忘れられないあの味」というのは、言葉を換えていえば「やみつき」になる味のことなのだと思うが、別の見方をすれば、

「忘れ難い味であるにもかかわらず、二度とそれを味わったことがない」

とか、

「味わうことが不可能」

という、食物にもあてはまるのではないか。

その中年婦人が投稿していた「ひととき」欄の文章のテーマが何だったのか、思い出してもよくわからないのだが、文章の内容は、こういうのだ。

息子が留学だか働いているかで滞在しているドイツをパック・ツアーで旅行し、いよいよ明日は息子の住んでいる町に行くという前の晩、ある町の民宿というかベッド・アン

ド・ブレックファーストに宿泊し、市内の観光に出て帰ってきたところ、きちんとしめておかなかったスーツケースが開いていて、中に入れた衣類がゴチャゴチャになっていた、一瞬ドロボーと思ったが、真相はすぐにわかり、ドロボーはドロボーでも猫だったのである。息子の大好物の剣先きスルメ（それも肉厚の高級品）を焼き、食べやすい大きさに裂き、ポリ袋を二重にして入れてスーツケースに大切にしまっておいたのを、たまたまスーツケースが開きっぱなしになっていたせいで、窓から侵入したらしい宿屋の大きな飼い猫が、匂《にお》いにひきつけられて引っ張り出し、ポリ袋を嚙《か》みちぎって肉厚高級剣先きスルメを全部平らげてしまったのだった。

「ドイツの民宿の猫には、よほど魅力的な匂いと味だったのでしょう」

と、投書の文章は終わっているのだったが、読みおえて私は、しばし猫の気持に思いをはせたのだった。

猫が、スルメを大好き――食べすぎると腰がぬける、と巷間《こうかん》で言われていることの正しさを、家の猫が証明してみせたことがある――なのは、イカを食べる習慣のないドイツの猫によっても証明されたのだが、その民宿のカッツには初めて鼻にする剣先きスルメのあの癖のある独特の匂いは、どのような香気だったか、味はどのように五感を痺《しび》れさせたか、カッツ（なんとなく黒い無地の毛皮という気がするのだが）は、おそらく、夢中でガツガツ食べてしまったのに違いない。

家の猫も裂いたスルメを食べる時は、ほんの二嚙みでゴクッと呑《の》み込んでしまうから、そういう食べ方をしたのに違いない。

夜中に清潔な猫用ベッドで眼をさまし、お腹がすいたような気もするけれど、清潔な台所のきれいな猫エサ用食器に入っている粒状のふすま入り固型キャット・フードにはあきあきしていて食欲がわかないしなあ、と薄眼をあけて考えながら、あれは一体何だったんだろう、凄《すご》くいい匂いがして、なんだか凄くおいしかったあれの味は夢だったのだろうか、あんな味のものって、あの時以外、匂いさえ嗅《か》いだことがないけど、忘れられないよ、と哀れなドイツの猫は思い続けているのではないだろうか。

カーテンを替えようと、いよいよ決めるまで

　引っ越しそのものの作業は、いわゆる〈おまかせパック〉というシステムを頼んだので、考えただけで、気は遠くなるし頭痛もして身体《からだ》中の筋肉が痛くなるような一切合切の引っ越しにともなう労働作業からはまぬがれてはいたのだったが、それにしても、引っ越しというのは、あれこれと疲れる問題が山づみになって押し寄せることなのである。

　猫が新しい住み家に慣れるかどうか、ということが、私と姉を悩ませた最大の心配だったのだが、この心配は、〝産むは案ずるよりやすし〟という、姉も私も、去勢のオス猫である飼猫のトラーも、実際の経験としては知らない出産についてのことわざ通り、トラーが新しい住み家に最初の日からなじんでしまったので、あっけないほど簡単に解決してしまったのだった。

　〝犬は人につき、猫は家につく〟という言葉はよく知られていて、私たちが引っ越すことを知ると、何人かの人たちに、トラーちゃんはどうするの？　と訊《き》かれ、なかには、先に

引いた言葉を口にしてから、あきれはてたといわんばかりに、それじゃあ、猫はおいていくんですか？　などということまで口にする人もいて、飼猫をつれての引っ越し経験者何人かに前もって話を聞き、もちろん、かかりつけの猫医者にも相談して、猫の移住計画は綿密にたてておいたのに、そういうことを言われると、つい不吉なことを想像してしまう。

　考えはじめると、様々な悪い予想が次々と思い浮かんでしまい、引っ越すのはやめてしまおうか、とさえ考え込んでしまうのだったが、猫をつれて引っ越しをしたことはないけれど何匹も猫を飼ったことのある人が、置いてある家具も飼主も同じなんだから、猫はあとは外の環境に慣れたらいいだけじゃないの、と言ったのがきっかけで、なるほど、と思ったのだった。なるほど、飼主が同じなのだし、家具も同じなのだから、そういった意味ではそう環境が激変するというわけではないと言えるわけで、それならば、なるべく、元のままに近い状態で家具を配置したほうがトラーが落着くだろうから、窓の高さが違うので買い替えなければいけないと思っていたカーテンも、この際、トラーが慣れるまで控えておくことにしよう、と決めたのだったが、すでに書いたように、最初の日の夜には、部屋中うろうろ探険していたトラーは、新しい住居にもう慣れてしまっていて、翌日には外に出たがって鳴き喚《わめ》き、さっそく、近くの庭や駐車場を探険して戻って来たのだった。

　それならば、前のマンションの窓より三十センチ程高い寸法にあわせてカーテンを買い替えても、もう何の問題もないはずなのに、引っ越して八ヶ月がすぎた今も、まだ三十センチほど寸足らずの、以前のままのカーテンを使っているのには、二つ理由《わけ》があって、一つ目は、カーテンと床の間に三十センチの隙間《すきま》が開いていることで、外出から庭の木をつたってヴェランダに戻って来たトラーの姿が見えるので、窓を閉めておいてもすぐに開けてやれるのが便利、というもので、二つ目の理由《わけ》は、カーテンを買いに行くのが面倒臭い、ということである。

とは言え、三十センチ寸足らずのカーテンは——八ヶ月もその状態で過ごしてしまうと、それになんとなく慣れてしまうとはいえ——みっともないのも確かで、この八ヶ月の間、新しいカーテンに替えなければならない、そのためにはほとんどの場合、局番が「34」の数字ではじまるおしゃれな地区にあるインテリア専門店に出かけ、あれこれ迷ったあげくに、予算をきっとオーヴァーするだろう、これくらいに押さえておこうと考えていた金額の布地を選んでしまい、出来あがって配達されたカーテンを窓に吊《つ》り、さて、やれやれと眺《なが》めると、うーん、あっちの柄にしておけばよかったかなあ、という後悔に似た迷いが生じ、でも、もう出来あがってしまった以上、しかたないよねえ、という一連の出来事を、なぜか予想して、ますます、カーテンを買い替えるきっかけを失いつづけていたのだった。

カーテンを替えるのが、一番てっとり早いお部屋の模様替えです、などとインテリア・

デザイナーは言うけれど、カーテンを替えるのは、家具を買うより、ずっと決断力がいる。

ようやく、店に出かけて生地《きじ》の見本を見て来はしたものの、幾つかの気に入った柄《がら》と色のなかから、どれを選ぶか、まだ決めかねていて、知人の一人などは、予言してもいいけれど、あなたたちはあと六ヶ月はきっとカーテンを替えないと思うわね、などと言うのだ。

寸足らずのカーテンと床の隙間ごしに、ヴェランダに座って、窓を開けてくれ、という顔をしているトラーの姿を見ると、ますます決心が鈍るのである。カーテンがこの長さだとヴェランダから戻ってきたトラーの姿が良く見えるから、トラーはわざわざ開けてくれと鳴かなくてもすみ、ただそこに座るなり立つなりすれば、人間自動ドアのごとく、姉か私がすぐに開けてやることができる、というわけである。

書かなかったこと

『遊興一匹　迷い猫あずかってます』という丸々一冊猫について書いた本（二〇〇ページ足らずとはいえ）を自分が作ったなどということは、なんとなくどこか奇妙なことのように思えてならない。

　おまけにこの本には、姉の描いたトラーの絵が何枚も入っていて、ある意味では（どんな意味でも）老嬢姉妹の臆面《おくめん》もない猫自慢とも受けとられかねないもので、おまけに、単行本の帯のコピーには（当然、私たちが書いたわけではないが）、「純文学作家の猫っ可愛《かわい》がりめろめろエッセイ」とか、「たぐいまれなる超文学的ネコバカものがたり！」などと、本文とは似ても似つかない調子で書いてあるものだから、文章の作者である私とさし絵の描き手である姉は、自分たちが、もしかすると飼い猫のトラーに関しては、まるっきりの「バカ」なのかもしれない、それが証拠に「本」まで出しちゃってと反省したりもしたのだった。

　しかし、この本の書評を書いてくださった二人の女性の書き手は、猫への深い愛情が客観的に押えた文章によって書かれているせいで、猫嫌《ぎら》いというか猫バカ嫌いの読者をも魅了する、という意味のことを強調してくださったし、犬好きで猫のことは知らないという読者からは、渋いユーモアによって猫という動物についていろいろなことを学びました、などというおたよりもいただいたのである。そう言われると嬉《うれ》しいような気もするのだけれど、本当のことを言えば、私も姉も、実は相当以上の猫馬鹿なのだ。

　絵を描いていては、これではまだトラーの本当の可愛さやきれいさが描けてないね、と溜《た》め息を吐《つ》き、ビア・ホールでギネスを飲むと、家のトラーの毛の色は、ちょうどこういうギネス色のシマで、ギネスの泡《あわ》のこの微妙な柔らかい赤っぽいベージュがお腹《なか》の毛にそっくり、などとトラーを見たことのない人に説明し、そこで、おつまみに炒《い》りギンナンを注文したりする人がいようものなら、そうそう、トラーの眼《め》は、ちょうどこんな色をしてるのよね、ギンナンよりもっと大きくて透明感があって光ってるけどね、まるで、宝石よね、あれは、でも似てるね、これ、トラーの眼に、などと発言し、海外旅行の話でも出ようものなら、私たちは行けない、旅行には、トラーがいるから、と嫌味《いやみ》ったらしく溜め息を吐いて一同のヒンシュクを買い、家に来るお客様が脱いだコートやジャケットの上にトラーが図々《ずうずう》しく上がり込み丸くなってしまったりすると、駄目《だめ》じゃない、お客様のコートの上に座ったりして、と口では言いはするものの、まるでトラーをそこからどかそうとする気配さえ見せず、遠慮深い客が、いいえ、どうせ安物ですから、猫の毛がついても気になりませんから、と困惑ぎみに答えると、あら、そうなの？　悪いわねえ、こまったトラーちゃんで、と笑うばかりで、むしろ、トラーちゃんにそういう安物のコートの上で寝てもらえるなんて、有り難いことなんだからね、という顔を姉も私もする、といったような事実は、これまで書かなかったのである。

　なぜ書かなかったのかといえば、それはもちろん、自分のペットに対する過度に距離感を欠いた愛情というものは、どうみても考えても、およそ美しくない行為としか思えないからなのだが、しかしたとえば、世間ではよくある、自分の飼い猫のスナップ写真――当然、飼い主が凄《すご》く気に入っているとても可愛く撮れた写真ではあるのだけれど、でも、実際の飼い猫はもっとずっと可愛い、と思っている――をテレフォンカードやポスト・カードにし、もったいをつけて他人にプレゼントするという振舞いを、丸々一冊愛猫《あいびょう》について書いて本を出してしまった私が嘲笑《ちょうしょう》するなどということが出来るだろうか。

　もちろん、出来はしない。出来はしないどころか、そういう自家製ポスト・カードやテレフォン・カードの猫は、それなりに十二ぶんに愛らしいことを認めたうえで、姉と私は、そこが自分の家の中であるにもかかわらず、少し声をひそめて、ああいうのも、そりゃあ確かに可愛いよね、ポスト・カードもテレカも、なかなかいいわよ、ほんと、でも、うちのトラーちゃんみたいに自分の食事代や医療費を、ちゃんと自分で稼《かせ》ぐ猫とは違うもんねえ、などとささやきあう始末である。

『遊興一匹　迷い猫あずかってます』の印税のことを言ってるのだが、言うまでもなく、この本はトラー自身が書いたわけでも描いたわけでもないし、そればかりか内容もトラーの話したことを口述筆記した、というものでもない。

その点を、鋭く指摘されると困るのだが、それはそれとして、猫の本を上梓して楽しかったのは、いろんな猫や犬の飼い主の方たちから、たくさん面白いお手紙をいただいたことだ。そして、そうした手紙を読んでいると、「猫バカ」とか「猫にメロメロ」などということは、実は存在しないのであって、ただ、そういう言い方がなんとなくあるだけで、――犬を飼う場合も同じことなのだが――ようするに猫という生き物を、生き物として愛している人たちがいる、という事実が実感されるのである。

何千年の間、猫が人間と共存してきた理由は、犬と人間の関係とは別に、単にそれが愛らしい小さな生き物で、図々しいところもあるけれど、なんといっても可愛いからなのだ、などと書くと、やっぱり、「馬鹿《ばか》」としか思われないだろうか。

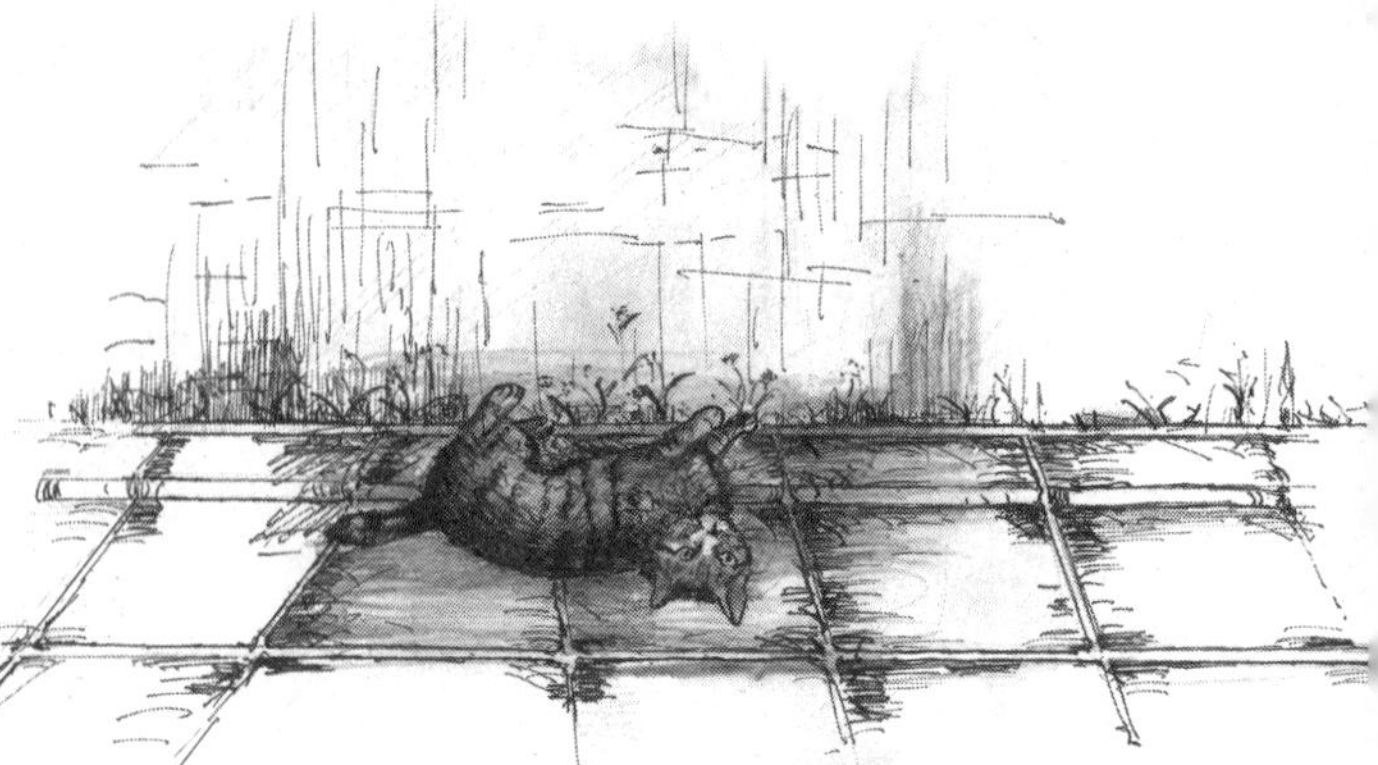

再び、の前に

たとえば、夜中に目がさめて咽喉《のど》がひどくかわいているので台所に立つ。冷蔵庫から出した水をコップに注ぎ、流しに向ったまま飲んでいて、ふと足もとに何かが触ったというわけではないのだが、生あたたかい息づかいの気配を感じて振り向くと、冷蔵庫のドアを開け閉めする音に目をさました、眠そうな細い目をしたトラーが座っていて、自分には水ではなくホタテなりカニなりを出してくれ、という意味で、ニッ、と少し粘つくような声を出して鳴く。少し面倒臭くもあるのだが、長いこと習慣になってしまっているので、ごく機械的に、専用の白いお皿にホタテなりカニなり好物を少々載せてやり、ついでに頭と背中を一撫して、こちらはまた、ふとんにもぐり込む、といったような、本当に何でもないことが、もう出来ない、というのが飼猫が死ぬということなのだ。

　十八年前の十二月に私たちのところにやって来た迷い猫のトラーが死んで、まだ一ヶ月にもなっていないのだから、いないいないという状態に慣れないのは当然なのだけれど、こうして夕方、原稿を書いていると（姉が台所で食事の準備をしている音を耳にし、カツオ節のダシの匂いをかぎながら）、台所で食べ物をもらってペチャペチャ口のまわりを舐めながら歩いて来て、私の机の下で一眠りしようとするトラーがいないのが、いかにも不自然なことに思えるのだ。原稿を書いていると、元気な時は軽々とした身ごなしでヒョイと机に飛びのって来て、原稿用紙の上にドサリと横たわってバラ色のベロで前肢を舐めはじめるので、それが一休みの合図になっていたし、時には原稿用紙の上にお尻から、ノミにたかられている証拠のサナダ虫のちぎれた小さなウジ状の虫の部分を落して、自分の健康状態を知らせたりもしたのだったが、そうしたことも、もうないのだ。

　トラーの死は、私の網膜剝離の二度の手術の退院後だったのは不幸中の幸いで、死に目にあえないということはなかったのだった。手術をした右眼の視力はまだ元に戻っていないし、剝離した部分の手術後、網膜に出来た微かなシワのせいで、物が歪んで見えるし、それを左眼でカヴァーしながら補正して物を見ることになるので、様々な視覚上の不自由さに、慣れるのには時間がかかるのだが、入院中にトラーが死んだとしたら、と考えると、様々な意味でぞっとする。

　手術後の眼で原稿用紙の四角い小さなマス目の中に文字を書き入れるためには、頭を動かして眼と紙との距離を一字ごとに変えつつピントを合わせなければならず、それも体調によって眼の状態が変化するから、日によって微妙に異るピントの合わせ方の調子をつかむのに時間がかかって、そのせいで文章をリズムに乗せるのも大変で、まだ長い文章を持続して書く体力というか、眼力が回復していないのだけれど、回復するためには、どうやら、少し距離感をとりそこねるとぼうっと滲んで紙も文字も揺れ動く書くという作業を繰りかえすしか無さそうなのだ。

トラーの禁じられた狩りの秘密

家猫でも野良猫でも、外を自由に動きまわる猫は、野生動物（あるいは家畜）の敵として嫌われる場合が多いのである。以前住んでいたマンションの近くにある公園の池で、カルガモのヒナが十羽ほど、母ガモの尾っぽを追って愛らしく泳ぎはじめたというので散歩の途中に寄ってみると、池の畔《ほとり》に立て札が立っていて、十羽いたヒナのうち二羽を公園にやって来る猫が、ただ遊びとしての狩りを楽しむために殺してしまいました、カルガモのヒナが大きく育つ大事な時期、猫を外に出さないでください、といった内容が、地元の「カルガモを見守る会」の人によって書かれているのだった。

それは、まあ確かに、猫が犯人だとしても、だいたい一度に十個も卵を産む動物というのは、太古の昔から猫のみならず、幾多の危難にあうことになっているから多目に産むわけで、無事に成鳥になるのは一羽、二羽もいたら、繁殖大成功ということなんじゃないの、それを近所の猫を悪者あつかいして、と、姉とブツブツ言いながらマンションに戻ると、ペット飼育がとりあえずは禁止されているマンション（とはいっても、一軒は犬、二軒で猫を飼っていた）の管理人が、お宅の猫じゃないの、カルガモのヒナを殺《や》っちゃった猫《やつ》と言うのである。人間の足では近くの、ということだけれど、発情したメス猫のにおいに誘われて遠出するのをいとわないオス猫と違って、去勢したオス猫にとって公園はかなりの距離があり、そんな遠くまで自分のテリトリーを広げはしないはずで、まさかトラーが「犯人」であるわけがないのだけれど、その当時のトラーはオス猫としての最盛期ともいうべき四、五歳で、体重は八キロ、あくまで筋肉質でツヤツヤした毛並の、精悍な黒トラ柄の猫だったから、犯人に間違えられても無理はなかったかもしれないし、私たちの住んでいたマンションの隣の家のきれいな紫色がかったブルーの眼をしたロシアン・ブルーなどは、テリトリーが重なってしまうせいでいつもトラーに痛めつけられていたと見え、そして、とても頭がいいらしくて、なぜか私たちがトラーの飼主だということがわかって、自分の家の庭の高級車の上で気持良さそうに昼寝をしている時に私たちが道を通ると、余程頭に来ているらしく、目敏《めざと》く起き上って、ふうーっ、と背中を丸め声を荒げて怒るのだったが、後になって、トラーと私たちが引っ越してからは、すっかりケガをしなくなった、ということと、ロシアン・ブルーの飼主の家の娘の夫（某出版社勤務）が、隣の黒トラの悪役猫は『遊興一匹　迷い猫あずかってます』という本に登場する有名な猫なんですよ、と教えてくれた、ということを、ロシアン・ブルーの飼主夫人の行きつけの美容院が私たちと同じだったので知ることになった。

その頃、トラーは自分の確立した狭いテリトリーの中で「偉大なる王《ワン》」然とふるまっていて、裏手にあった日立クラブの庭から蛇を狩って来たり、土鳩、モグラ、ネズミは狩り放題で、それをまた、いちいち自分の家に咥えて運び込んでは、二人もいる「おかあさん」に律儀に報告してくれるというわけなのだった。こないだまでは、天井から吊り下った電球の傘にとまっている蛾を、自分では捕えられないから、捕えてくれ、と、私たちの方を振り向いてはニャアニャアニャア鳴いていた猫なのに、である。猫にとって母猫という存在は万能で、ニャアニャアと鳴いて要求すれば、なんでも思い通りのことをやってくれるし、出来るのだ、と、トラーはその頃、思い込んでいたらしいのだが、人間の子供も、母親というものをそういう存在だと思い込むのだろうか？

自分のごく幼い頃のことを考えると、そうだったような気もするが、母親というものは、わが子が持っていた幼い思い込みが終生続いているものと、どこかで信じているふしがあって、私はどうもそういう自信たっぷりの母親経験者と話をするのが苦手である。トラーは、自分の人間の母親たちが、普通の成猫なら簡単にやることが何も出来ない極めつきの無能力者である、ということを、あきれはてながら理解したのだったが、それはそれとして、トラーの狩りである。

思い出してみれば、そして、当然のことに、トラーが実際に狩りをしている現場というのを見たことはなくて、どういう激しく執拗な格闘の末に獲物を捕えたのか具体的に知ることは出来ないし、口にしっかり咥えて捕えてきて、弱っているネズミなりモグラなり土鳩なりと部屋の中で格闘することはなく、トラーの口から離されると、鳥の類いはバタバタと大きな音をたて翼をはばたき、一瞬怯《ひる》んだトラーを置き去りに窓から飛び去ってしまうのだった。スズメは小さすぎて、狩りをする面白味に欠けるらしく、トラーが狩ってくるのは土鳩と尾長で、それも、純粋なスポーツとしての狩りとでもいったふうに、何しろ十二分に、甘やかされて贅沢な去勢猫にふさわしい食事を与えられているから、むろん、それを食べるということとは無縁で、鳥たちが飛び去っても、さほど無念でも口惜しくも恥しくもないらしく、去る者は追わず式に、片方の後肢を高く持ち上げて、両方の前肢を横に伸して床にしっかり置いて上体を曲げ、ゆっくりとお尻周辺をベロで舐めるグルーミングをはじめ、それが終ると居心地の良い柔らかな羽ブトンの上で丸くなって眠ってしまうのである。鳥にかぎらず、ネズミもモグラも蝉も、部屋まで咥えてこられた挙句、致命傷は負っていなかったかのように、トラーのスキをついて逃げてしまうし、私たちがトラーの気をそらしてそう仕向けるようにしたことも確かなのだが、捕えて、自分の家に持ってくる、というところでトラーの狩りはおしまい、ということだったのだろう。

ところが例外的に、トラーは私たちが留守にしていた昼間の二、三時間の間に狩りをした土鳩を完全に仕とめたことがあって、買物を終えて部屋に戻ってみるとトラーの姿は見えず（自由に出入りが出来るように庭に面したヴェランダの窓をいつも少し開けておいたのだ）、居間には丸々と太ったグレーと紫色の混った光沢のある羽の土鳩が眼を閉じて横たわっていて、血は一滴も流れてはいないのだけれど、あきらかに死んでいて、どういう加減だったのか、まだ少しも消化されていない黄色のトウモロコシの粒と赤いビーズ玉のように光っているザクロの実が、白っぽい少しねばねばした糞と一緒にこんもり盛られたような形で落ちていたのだった。始末するために持ち上げると鳩の体はまだ温もりがあって、首の骨が折れているらしく、首がぐったりしたから、トラーが噛み折ったのかもしれなくて、それが、とても珍しいことだったのである。

土鳩は、ローストにするトリのお腹一杯に詰めるフィリングのような量のトウモロコシとザクロの実を一体どこで食べたのだろうか、ザクロの実は近所の家の庭で成っている場所を二軒知っているから、そこで木に成っている熟した実を食べたとして、トウモロコシはどこで食べたのだろう、などと言いあっているうちに、トラーは開けておいたヴェランダの窓からではなく、正式な人間の出入りする玄関ドアの前で、帰ってきたことを告げる、いばりくさった雄叫びのような、ニャア――ア――、というかん高い一鳴きをし、あわててドアを開けてやると、鳩のことなどはすっかり忘れてしまっているとみえ、鳩の死体のあった場所の匂いをかぎまわるでもなく、お腹が空いたと訴えるのだった。

そして、それから、しばらくたった頃、後になって、マンションの隣室の三姉妹（小学生一、中学生二）の証言も考え合わせれば、その土鳩とは一見して違いが歴然とした、ピカソの絵の中でいたいけで純粋です、といったフォルムで描かれた子供に抱かれていたり、両切りピースの箱の上でオリーブの枝をクチバシに咥えていたりする、平和のシンボル鳥そのものの、まっ白できれいな鳩が、マンションのかなり広い庭（大きなヒマラヤ杉が二本の他に庭木が何本も）に舞いおりたのに違いない。ヌーヴェルヴァーグの映画監督を生み出したシネマテーク・フランセーズをアンリ・ラングロワと共に創設し、後に映画監督になり、日本では『顔のない眼』（'59年）一本がわずかに知られるのみのジョルジュ・フランジュの、ロマンティックな怪奇恐怖映画『顔のない眼』は、自動車事故で顔をメチャメチャにされた娘の治療のために、美しい若い娘の顔面の皮を剥いで移植する（何度やっても成功しないので、何人もの娘が殺されて顔の皮を剥がされて犠牲になるのである。しかし、二、三年前、フランスの外科医が死んだばかりの女性の顔を事故で顔を失った女性に移植して成功したというニュースを新聞で見た。あの『顔のない眼』を秘かに愛する者として、複雑な気持になったものである）外科医の物語で、ラスト・シーンは、大きな黒眼の形の穴の開いた白いマスクをつけた娘が病院に火をつけて、気が狂ったまま白い鳩たちを肩や手にとまらせて静かに舞うように歩くという、異常にロマンティックなものなのだが、もちろん、そういった鳩とも、その鳩は関係はなく、レースの途中とまではいわないが、レースの練習用飛行で一直線に家に戻るという、なんかこう、マラソン選手めいた、伝書鳩的ウツ飛行がふとイヤになって、さぼってしばらく遊ぶことにした鳩だったらしい。

　何日か隣の娘たちのヴェランダの窓辺で、クク、ルク、クー、と、土鳩の野太い鳴き声とは一味違う声で鳴いて丸い鳩胸の小首なども愛らしく傾げていたというのは、後で知ったことなので、姉と私が見たのは、ヴェランダのエアコン室外機の上で、トラーに背中を咥えられた姿の白い鳩なのであった。いつもの薄汚いドバトなどではないことは、一目瞭然なのである。

　トラーが咥えたものを、なんのためらいもなく、即座に離すのは、ゆでたエビを二つに割る時、皮がパキッという音をたてる瞬間だと知っているから、私たちは、驚きをのみ込んで、その時少しも騒がず、冷蔵庫の扉を開け、タッパーウェアに入ったゆでエビを出し、室外機の上で、見るからにレース用の飼育された鳩然としてキョトンとした目の鳩を咥えて悠然と構えたトラーに差し出してパキッと割るが早いか、白い鳩はトラーの虎口を逃れて飛び立ち、トラーは一瞬前まで自分の口に咥えていたもののことを、魔法で消したかのように打忘れ、エビをパクッと咥え、カリリ、とエビの皮を犬歯で噛むのだった。

白い鳩は悪魔のようなシマ柄のケダモノを逃れて、ヴェランダのパーテーションで隔てられた隣の三人姉妹の部屋の窓辺に舞いおり、何日か前からまるで愛の使者でもあるかのように舞いおりた天使のごとく白い翼の優しい鳩がぐったりしているのを心配した三姉妹は鳩を、動物病院へつれて行ったのであった。レース用の鳩は足首に番号の入ったナマリ（だったか）の札を巻いていて、それを調べてレース鳩協会に連絡すると飼主が判明するのだそうで、医者が連絡したものの、鳩は相当に衰弱していたそうで病院ではかなくなった、ということを娘たちが、私たちに報告してくれたのだったが、トラーのことを疑ってもみないで、彼女たちにとってトラーは、あくまで、ミルクをやったこともある、かあいそうな無邪気そのものの迷い猫で、お隣のお姉さんたち（当時）に救われたきれいないい猫なのである。私たちは、それで、と、さりげなさを意識しながら、それで、鳩はケガをしたりはしてなかったの？　と、娘たちに質問する。いいえ、先生に診てもらいましたけど、ケガはどこにも、ただ、レース中に疲れて衰弱したんだろって、言ってました、と、娘たち。そう、それでお医者のお金はどうしたの、と、私たちはせめて医者代は払おうと思って、訊くと、いいえ、無料《ただ》でした、と答えるのだった。

私たちは、確実な物的証拠も目撃もないまま、やはり鳩殺害犯はトラーだと思っていて、そのことについて話す時には、つい、今でも、まだ、声を低めてヒソヒソ声になってしまうのだ。だいたい、活発な猫というものは、ノロマなところのあるレース用鳩を狩ったりするのは朝飯前という手並を持っているもので、ずっと昔、親類の家で飼っていた猫は、近所の高校生の少年が物干し場に小屋を作って飼っていたレース用の鳩を何羽も喰い殺し、しまいには、頭に来た鳩を飼う少年が、その頃、不良というよりも、猟銃やライフルに憧れるある種のスポーツ好き青少年の間で流行っていた空気銃を買ってもらって、猫をぶっ殺してやる、と、決心したのだったが、フン、そう簡単に空気銃の弾に当ってしまうような猫ではなかったし、少年は、猫を狙って空気銃を撃つなんて、町なかで何をしやがる、てめえは、と、親にひっぱたかれたのだった。

そういう訳で、猫はレース鳩を（も）狩るのが、どうやら好きなのである。なるほど、猫嫌いの人が世の中にはいるわけである。

トラーの最後の晩餐、禁煙その他

先月号の原稿を書いた時よりも、これを書いている今が、手術をした右眼の状態がよくなったわけでは全然ないし、コンタクトレンズを装着すると、視力が上るせいで、手術後に残った網膜のシワによる物の見え方のゆがみの違和感も増して、左眼による修正作業を行うために、またさらに頭がクラクラすることになる。

どっちみち、どちらの違和感により慣れやすいかを（何ヶ月かかるのか一年かかるのかわからないけれど）確認しながら、物を見ることについて、意識的なものであれ、ほとんど無意識に眼を開いている以上は見えてしまう物も含めて、距離感が微妙にずれる違和感に慣れていかなければならないわけなのだけれど、言うまでもなく、そうした事態を受け入れるためには年齢が若い方が有利に決っていて、横綱の双葉山が片目を失ったのは幼い子供時代の事故だったし、これはまあフィクションではあるけれど、だから丹下左膳が片目と片腕を失ってなお、あれだけの刀のつかい手であるということは相当のリハビリテーションが必要だったはずなのだが、それはそれとして、最初の左膳役者大河内傳次郎の、あの、片目片腕の扮装で見せるチャンバラ・アクションの奇妙で独特な啞然とする動きは、剣術つかいのリハビリテーションとは別の、役者としての肉体の映画的特権というものかもしれないし、その丹下左膳から命名された片山健の絵本に登場する片目の黒トラ猫タンゲくんよりもさらに左膳なことに、右の前肢も交通事故で失ったらしい、二十年ほど以前近所に住んでいたオスのノラ猫は、テリトリーの電柱や樹木に、器用に二本の肢でバランスをとり、後の片肢をひょいと持ち上げてマーキングをして、三本の肢でもって物凄い勢いでピョンピョンと庭や道路を走り抜けて行くのだった。まだ、トラーが私たちのところにやって来て住みはじめる以前のはなしである。

　手術のための入院は、一回目が四泊五日で、七月はじめの二回目が三泊四日だったのだけれど、一回目の手術の退院が姉の個展の初日《オープニング》の前日だったのでまだ眼の腫れもひかず、とても人前に出られる顔ではなく、個展の会場で久し振りにお目にかかれるはずの知人たちとも会えず、一日四回、朝は四種類、その後は就寝直前までの三回三種類の眼薬を点眼し、それは七月の二度目の手術後も四週間続いたのだったが、これが私は家にいるから、まだいいけれど、昼の二回勤め先で、病院で指導された方法による点眼（まず、ていねいに手を洗い、加熱滅菌消毒コットンで決められた手順で眼の周囲を清浄にし、最初の点眼、一分間を置いて次の眼薬、また一分置いて三つ目の眼薬を点眼する。薬と薬の間に、一分——原理主義的には五分——という時間を置くのは、眼薬が充分に吸収されないうちに次の眼薬を点眼すると、涙のようにあふれて流れ出してしまうからなのだそうだ）をするのは実に面倒臭いだろうし、手術をして視力が落ちている眼に眼薬をさそうとすると、距離感がよくつかめないので命中度が悪く、眼に入らずに外れて顔が粘性の強い眼薬で濡れてしまうのも不快だし、一日四回というと、やっとさし終えたと思う間もなく次の点眼時間がやって来るという感じである。それに七月に入ってからは、日に数回二種の眼薬を、老化で薄くなってまばたきでも傷がついてしまう程になったトラーの眼に点眼するのと、後肢の付け根あたりに出来て肉が腐って骨の見えている床ずれの傷を日に数回洗浄する作業が加わり、まだそれがいつとは言えないまでも、それにしてもトラーは秋をむかえることはないだろう、と姉と話しあうのだった。

トラーが口腔に出来た潰瘍（そもそもは感染していた猫エイズが発症したのだった）から出血し、緊急の手術（レーザーで口腔内の出血した傷を止血する）を受けることになったのは去年の九月で、十七歳と四、五ヶ月の老齢（人間で言えば九十歳を超していることになる）の猫としては当然腎臓の機能が低下していて週に二度程の皮下点滴を受けていたし、その時点で、手術の麻酔から醒めないこともあり得るけれど、止血手術をしないでそのままにしておけば、仮りに一時的に出血がとまったとしても何度か同じような出血を繰り返して段々身体が衰弱して死ぬ、手術による止血が成功してもそれは完治というわけではなく、エイズによる口腔内の潰瘍は新しい物がまた出来るからいずれまた出血があり、その時にはもう手術を受ける体力は無くなっているだろうから、どちらにしても死ぬことになる、という説明を医者に受け、手術をするとしたら、少しでも早くその日のうちの方がいいので、どちらにするか決断を下すのは大変だろうけれど、午後のうちに決めてほしいと言われ、私たちは手術を選択したのだった。

　手術を選択したのは、朝のうちに私の部屋のタンスの前——お気に入りの寝場所の一つ——で口から泡の混った血を吐いたらしいトラーは、私たちが出血に気がつくより前に外に出てしまっていて、タンスの前の血のかたまりに気がついてから姉がトラーを連れ戻して午前の医院の開院と同時に診察を受けに行き、そのまま入院することになったとはいえ、まだマンションの外に出るという気力というか体力がある以上、もともと大柄で骨格のしっかりした丈夫な描なのだから、全身麻酔に耐える体力があるように思えたし、止血剤を与えられながら徐々に出血しつづけて衰弱しながら死んで行くのを待つより、手術の方に賭けてみる方が、生存の可能性の確率が高いように思えたからだった。

　手術は成功し、入院するよりも家にいる方がトラーの回復にとっていいだろうと先生が言い、私たちは夜の八時半過ぎ前肢の静脈に静脈点滴用の細いチューブを差し込んで絆創膏で固定し、それを口で強引に外してしまわないようにプラスチックのエリザベス・カラーを首に巻き、麻酔から醒めてはいるものの、少しぐったりしているトラーをキャリー・バッグに入れて家に帰り、午前中からずっと続けている点滴剤の水分と栄養分を吸収しているから食欲がなくても心配はないと言われていたのだったが、家に戻るとヨタヨタと起き上って、いつも食事をする場所のカウンターの前のトレーの前に座るのでとりあえず邪魔なカラーを外して、トラーが家にやって来た時から食事用に使っている小さな貝殻形のグラタン皿に水を入れて出すとゴクゴクと飲み干し、この調子では御飯も食べるかもしれないと出してやった蒸しホタテとヨーグルト入りミルクもガツガツと食べ、トイレにも行き、何ヶ所かあるトラーのお気に入りの寝場所の一つで、欲も得もないといったふうの疲れきった様子で眠りはじめたのだった。

　もちろん、その時、私たちとしてはトラーがいつ死んでもしかたがないと覚悟をしたのだったが、それはそれとしてトラーの食欲には医者も驚いたほどで、それは丁度一年後のこの九月四日の午前二時五十分に最期の息を音も無く吸うようにしてからふっと吐いて息を止めた何時間前までトラーをこの世界――ごく狭いけれども、テリトリーを守るためにはエイズに感染する程の傷を受けるケンカを侵入者の猫と何度も戦い、最初の発情以前に去勢手術をしたので、動物の本能には欠けていたけれど、居心地良く食べて眠り、十八年と四、五ヶ月の間、ずっと私たちのすぐ近くにいて、いろいろな痕跡がのこっているこの空間――に引きとどめていた生命力そのものだったのかもしれない。

　最盛期には引きしまった筋肉質で八キロあった体重も、七、八年程前から少しずつ減りはじめ、去年の九月の手術以後、体力も気力も衰えて一切部屋の外に出なくなってしまってから筋肉がみるみる落ちて今年に入ってからは、五キロ台、四キロ台、三キロ台と小さくなる一方で、その間、二百グラムから五十グラムの増減を何度か繰り返し、最後に測った九月三日の体重は二キロ七百グラムになっていたのだから、十八年前の十二月に、生後四、五ヶ月で迷い猫として家にあらわれた時の子猫としては大柄な四キロ半だった頃よりもずっと小さくなってしまっていたのだった。

　去年の九月に口腔から出血した後、それまでいつもそうしていたようにマンションを出て外のお気に入りの幾つかの場所（元気な頃というより、その時までテリトリー防衛の重要拠点だった場所）を見回っていたのだったけれど、その日は、たまたま私が午前中に自分の部屋の床の掃除をする気になって、タンスの前と書き物机の下に泡の混ったまだ新しい血を見つけたのだったが、きれい好きな人間はいざ知らず、床掃除などということは毎日やるわけではないから、その日トラーの出血を発見出来たのは、いわばたまたまの幸運で、そうでなかったら夜寝る前、お風呂上りに着がえる下着とパジャマを出すためにタンスの引き出しを開くまで気がつかなかったはずで、むろん、午前中に部屋を出て行ったトラー（その頃でさえ、この体の状態でよく外に出て行くものだ、と医者には驚かれていて、そのせいでトラーは、老嬢二人の飼主に決して甘ったれなどしない体格の立派な頭のいい誇り高い——去勢はされているけれど——野性的な猫と動物病院のスタッフには誤解（？）されていもしたのだったが）はそう長いこと外に置かずに連れ戻すのが日課だったから、連れ戻したトラーのそこだけ白い毛が丸いあかりの輪のように生えている口の周囲が血で染っている異変には気がついたかもしれないものの、今年の九月に入ってすぐ、去年の手術以後一切外出もせず、外でいくら猫のケンカの声が聞えてもまったく無関心で、ただウトウトと眠るばかりだったトラーが、玄関に風を通すために少し開いておいたドアの隙間をすり抜けて階段をヨタヨタと足をもつれさせながらおりて、連れ戻してもドアの前で外に出たいと鋭く訴えるような激しさで鳴き、あまりのことにドアを開いてやると、また、すっかり骨と皮になりはしたけれど、治療のかいがあって床ずれは治って新しい肉の盛り上って来た後肢がからまってしまうようなたよりない動きではあるけれど信じられない速度で階段を駆けおり、かつて元気だった頃、いつも寝そべっていたマンションの一階の玄関ホールをゆっくり、案外しっかりした足どりで一巡し、さらに自動ドアから外に出て、いつもその上で寝そべっていたコンクリートの塀に向って、か細い声でニャアと鳴きながら歩きはじめるのだったが、その日は時間を置いて三度同じことを繰り返し、お互いに言いはしなかったが、トラーにも私たちにも、それがトラーの一年間ですっかり柔らかくなってしまった足のうらが最後に踏む外の地面だということがわかっていた。

　すっかり軽くなったトラーの体はカサカサした枯木と枯葉のかたまりのようでひどく軽く冷たく、抱きあげてもたよりなく二日後の土曜日医者に連れて行くと、最初の頃はケガや耳のただれや眼のモノモライで通うことしかなかった十年来トラーを診察してくれていた先生が、体温も下っているし、行動から見て今夜がヤマだと考えてくださいと言い、姉と私も、すっかりその気だったのだが、家に戻ったトラーは、トイレをすませて自分の決めた場所に横たわり、横たわったままこれが最後の晩餐になるのかもしれないヨーグルトとミルクを混ぜたものを飲み、ホタテの刺身とカニを食べ、それを夕方から夜中まで三回繰り返し、日曜日と月曜日は、トイレに行く時と寝場所を少し変える以外には寝たきりでウトウトと過し、それでも顔のところに食べ物を差し出すと食べ、トラーを入院させるのはしのびないと先生も言い、家が近いこともあって八月に入ってから日に二度トラーに薬を飲ませに来てくれていたお気に入りの看護師片田さんの声を耳にすると、薬を飲ませられるのは嫌いなものだから頭をもたげて逃げるような反応を示し、月曜から四日の火曜日に日付けが変って、私の枕元でバスタオルの上で顔を壁側に横向きに横たわって静かに眠っていたトラー（少し前まで、もがくというのではなく、走っている夢でも見ているかのように眼を閉じたまま四つの肢を軽くカサカサと断続的に動かしていたのだったが）の咳き込むような声で、ウトウトしていた眼がさめ、トラーは横たわったまま血を少しずつ吐きつづけ、口もとに持っていったホタテ貝殻形の小型のグラタン皿（十八年間使っていた）から水を少し飲み、薄く開いていた眼を閉じそれからまた血を吐いて、そして口を軽く開け、眼を開いたまま、ふっと息を止めたのだった。ひどく長く感じられたけれど、血を吐いて息をひきとるまで三十分ほどだったろうか。口内炎と潰瘍のせいでしていた特有の強い口臭が、奇妙なことに最期の息と一緒に消え体はまだあたたかいのに、トラーと狭い世界をつないでいた生気が、あきらかに失われたのだった。

　眼の手術以後、眼病にとって何が良くないといってこれ以上のものはないと眼科の医者の言う煙草をやめ、それにつきあって姉も煙草をやめていたから、トラーは私たちと一緒に生活するようになった瞬間から自分の属する世界特有の匂いとして存分に吸い込んでいた副流煙を、晩年の四ヶ月は吸わなかったのだったが、私はやっぱり、トラーの吸った最期の息と猫エイズに冒されはじめていた鼻と最終的に一気に急激に冒されて鮮血のもとになった肺が、かぎなれた煙草の匂いをかいでいた方がトラーには自然だったのではないかという気が、なんとなくする。

　部屋の壁や家具に染みついていた煙草の匂いは、煙草をやめると拭き掃除と共にすぐに消えてしまい、何年もの間、トラーが口から流すヨダレに混ってシーツやフトンやタオルや枕といった物に染みつかせていたあのケモノ臭い口臭も、新しくその臭いを補給するトラーがいなくなったとたん消えてしまった。

　音や風の動きが、トラーそっくりの気配を私たちの狭い住居の世界に漂わせるし、私たちの無意識もトラーの気配をもとめているのに、あの臭いが消えた瞬間、トラーの生命は消えてしまったのだ。

あとがき

一九八九年の十二月十八日以来、猫を飼うことになって、猫にかまけっぱなしで、改めて〈猫撫《な》で声〉やら〈猫っ可愛《かわい》がり〉〈猫の手も借りたい〉〈猫舌〉〈猫よりまし〉〈借りてきた猫のよう〉といった言いまわしの実質を体験している。

〈猫撫で声〉というのは、まあどうしても飼い主としては出てしまうものなのだが、それに対応して〈猫、撫でられたがり声〉というものがある。子供の頃《ころ》、〈猫撫で声〉というのは、猫が撫でてもらいたくて甘ったれた高い声で、憎々し気に図体《ずうたい》の大きい成猫《せいびょう》のくせに仔《こ》猫のようにミニャア、ニィ、ニィ、ミ、ミ、ミ、と鳴く声のことなのだと思っていたけれど、それは〈猫、撫でられたがり声〉で、ミニャア、ニィ、ニィ、ミ、ミ、ミ、と猫が鳴くと、なあに、どうしたの、トラーちゃんや、いい子、いい子、などと言いつつ撫でてやるのが〈猫撫で声〉なのだ、とわかったのは、小学校も高学年になってからだったような気がする。

そもそも、ほとんどのマンションの契約書には――本当は読んだことがないのだが――小鳥だの金魚といったもの以外のペットを飼うことを禁じる項目があり、迷いこんで来た迷い子の仔猫を一時的に保護するつもりだったのである。

迷いこんで来た時にはおよそ六ヶ月くらいの大きさの仔猫だったのだが、病院に連れていって予防注射をしてもらった時に外耳炎と結膜炎にかかっていたのがわかったものの、どこかで可愛がられて飼われていた猫というのは甘ったれな様子から一目でわかったので、姉と絵入りのポスターを作り、仔猫の行動半径を多目に見積って二百五十メートルから三百メートルと踏み、電柱や掲示板にポスターを張った。猫の絵を描くのはむつかしい、と仔猫をデッサンしながら姉が言い、何もあんた円山応挙みたいなデッサンをポスターに描く必要はないのだから、と言って、ごく簡単な猫の絵を私が描くから、そのかわり文章のほうは書いてね、ということでポスターが出来上り（本書中扉《なかとびら》参照）、マンションの管理人が同じマンションに入居している設計事務所でコピーをとって、ポスター張りを手伝ってくれ、電話の連絡先は、女世帯でポスターに電話番号を書くのも何かと困るのではないか、というので管理人室の番号を書くことになり、「迷い猫あずかってます。クロトラ、オス、生後六ヶ月くらい、トイレの躾《しつけ》も出来てお行儀良し、十二月十八日の昼ごろから、この近辺で迷い子になって泣いていました。連絡先ＴＥＬ」という文面に猫の全身の姿を描いたものだったが、何の連絡もなく、甘ったれで人の膝の上かフトンの中でなければ眠らず、かりにトラと名付けられ、無印良品のペット缶《かん》を皿に出すと、匂いをかいで、いかにもまずそうな顔をして食べずに前肢で砂をかける仕草をし、ビールのプルを開ける音を耳にすると眠っていたのにピッと耳を立て、眼をまん丸にして「ボクのっ！」という顔をするので、これはもしやテレビのコマーシャルでやっている、プル式の缶詰のグルメな猫ちゃんのための「モンプチ」で育てられていたのか、とエビと舌ビラメのミックスの缶を買って来て与えたところ、凄《すご》い勢で平らげたのだったが、一週間たち、十日たっても、ポスターの反応は何もない。

おもちゃのように撫でて可愛がり「モンプチ」をやっていたのに結膜炎にも外耳炎にも気がつかない女子大生か男の学生に飼われていたところ、飼い主に猫が大嫌《だいきら》いな恋人が出来て部屋に訪ねて来るようになり、猫より彼（あるいは、彼女）が大事だと思って捨ててしまったのではないか、とここいらに何軒かあるワンルーム・マンションを見たり、マクドナルドの包みを持ってコンビニエンス・ストアでカップ・ラーメンとイチゴとピーナッツとソフトさきイカを買っている若い男女の二人連れ（女の子が、男の子に身をもたせかけていたりする）を見たりするたびに、ちょっと、あんたなんじゃないの、猫を捨てたのは、まったく、もう、という気持になったりしたものだ。

かりにあずかっているとはいっても、呼び名がないのでは不便なので、クロトラ柄《がら》だからとりあえず「トラ」と呼ぶことにしたものの、地上げ騒ぎでマンションのオーナーが何度もかわり、以前のように、オーナーが同じマンションの一階の庭に面した部屋に住んでいて、その隣の住人がシェットランド・シープ・ドッグを飼っていた時分ならいざ知らず、猫を飼うわけにはいかないのではないか、と言うので仔猫を引きとってくれそうな人を探しはしたし、実際、新潮社の伊藤さんとダンナさんが飼い猫クマキチの遊び相手にトラを引きとってくれるということになったものの、一度、手もとに置くと手離せなくなるものだからねえ、と伊藤さん夫妻が予想したように、その頃には私たちのトラに対する愛着はすっかり強まっていて、たとえポスターを見た飼い主が名のりでて来たとしても「トラを渡すものか」という気持になっており、伊藤さん夫妻の予想通り、トラは家の猫として飼われることになって、名前も正式に「トラー」と決った。

　ポスターの効果もなかったし、猫は満足そうにしているし、まあ置いてやらないわけにはいかないと思うのだが、と言うと、見かけによらず動物好きの管理人は、マンションの所有会社の人が来て、金井さんのところでは猫を飼っているようだ、とかなんとか言ったら、あれは縫いぐるみでしょう、と答えておくから、かまわないから置いてやればいい、と言うし、思いがけずマンションの住人（事務所として借りている人や住居として住んでいる人を含めて）には猫好きの人が多く、実は私と姉が気がつく一日前から近所でビャア、ビャア鳴いていたやけに人なつこいクロトラの仔猫のことを気にしてミルクをやったりしていたところ、飼い主が決ってよかった、という反応が大勢をしめていたのは、本当に安心してホッとした。

私たちの住んでいるマンションの住人たちの間で、トラーはどうやら可愛がられているらしいし、それ程ひどい御迷惑をかけているわけでもないらしい。今も廊下で、下のフロアの設計事務所の女の子たちが、トラーの鳴き声にあわせて、ニャアニャアと猫の鳴き真《ま》似《ね》をして遊んでくれているし、上の階のアパレル・メーカーの人たちも、トラーちゃんにと言って魚を差し入れてくれることがあるし、ケガをしたり、しばらく顔を見なかったりすると、心配してくれる。

トラーは、東京のマンションで飼われている猫にしては、いろいろと恵まれすぎているのかもしれないが、それはもちろんトラーにとって喜ぶべきことだろう。

トラーがこの十二月十八日で家にやって来て丸三年、こうして元気にのうのうと眠っていられるのも——久しぶりにウマヅラハギを二尾と松葉ガニ少々を食べ、満足しきって椅子の上でお腹を見せて眠っている——様々な人たちのおかげである。

永和ハウスの住人の方々、トラーが来たての頃、問題が起きるたびに電話でお知恵を拝借した方々、それにこの本の編集担当者で、一時はトラーの飼い主になるかもしれなかった伊藤貴和子さんに、心から感謝をささげます。

一九九二年十二月二十六日、夜

著　者

新潮文庫版あとがき

トラーの体重は、現在のところ七・五キロで、一九九五年四月に引っ越してから新しく通うことになった動物病院の小柄《こがら》な女医さんには、「イリオモテちゃん」と呼ばれている。くどく押しつけがましいようだけれど、この仇名《あだな》の意味は、もちろんトラーが大きくて立派で見栄《みば》えのする綺麗《きれい》な顔立ちの、かっこ良い猫《ねこ》だ、ということなのである。

前に通院していた医院では、「トラーちゃん、テレビのコマーシャルなんかに出したいよねぇ」と、犬のほうが好きなお医者がいつも言うのだったが、その意味も、前述と同じであることは言うまでもないことだろう。

ところで、私はトラーが特別に美しい猫だと言いたいのではなく、たとえば、グレース・ケリーとカトリーヌ・ドゥヌーヴがどことなく似ているように、美しい顔というものにはあるパターンが存在していて、それと同じように、猫にも美しい顔立ち（と、人間が決めている）というものがある、ということを強調したいのだ。

可愛《かわい》い猫はみんなトラーに似ているし、トラーに似ている猫はみんな可愛い。ということは、雑誌に載ったいろいろな人の飼っている猫の写真や、知人たちに見せてもらった自慢の飼い猫のスナップ写真や、散歩の途中で見かける猫たちを見ていると、つくづく感じる実感で、綺麗な顔立ちの猫には、ある一つの典型というのがあるようなのだ。

猫との生活が八年目になった現在でも、まだまだ、泡《あわ》を喰《く》ったようにあわててしまったりする小さな事件の続出に、疲れたり笑ったりあきれたりする日々が続いている。トラーがいるということがあたりまえのことになっているのに、それでもトラーを見ていると、いつまでも見あきることがない、ということに驚きを覚える、ということを含めて、馬鹿《ばか》馬鹿《ばか》しい結論を言うようだが、猫はやっぱりなんといってもいいものなのである。

仕事をしながら、雨に濡《ぬ》れて戻って来て熱心に毛皮をなめているトラーを見ていると、この現在の瞬間に生きていて、予定や計画や記憶を持たない生き物と、一日くらい入れかわりたいものだ、という気がする。

一九九六年七月

中公文庫版あとがき

トラーのことは姉と私の間で、しょっちゅう登場する話題（死児の齢《よわい》をかぞえているの？）の一つですのに、『遊興一匹　迷い猫あずかってます』[註一]が今度中公文庫から上梓されることになるまで、なぜか読みかえしたことがありませんでした。

元気だった頃は、日々、新しく知りあった生きものとして目の前に存在していましたから、そうした猫についてのエッセイを読むという気持になれず、死んでからは、読むとつい涙腺がゆるみそうな気がしたからです。

子供の頃、猫は家にいましたが、猫も私たちも含めて、親に飼われていたようなものですから、猫を飼うのもはじめてで、姉は飼い猫の絵を描くのもはじめて、私は猫についてのエッセイを書くのもはじめてのことでした。

姉も私同様、久しぶりにトラーについての本を見かえし、読みかえしして、つくづく思ったのは、トラーも自分たちも、「元気で、若かった！」ということだと言います。たしかにそのとおりで、新潮文庫版の解説を書いてくださった吉田暁子《あきこ》さんは、動物を飼うことを、まったく別の生きものに「自分を合わせる「災難」を受け入れること」だと父親（吉田健一氏）ゆずりの感性で書いていましたが、まったくそのとおりで、「災難」を愛して受け入れることが出来るのは体力あっての気力でしょう、などと書いていると、まだまだ書きたいことが沢山あることに気づかされますが、それは別の機会にすることにして、『迷い猫あずかってます』を新しい形で上梓することを提案してくださった文庫編集部の御自身二匹の猫を飼う藤平歩氏に感謝いたします。この機会がなかったら、姉も私も読みかえし、なんとなく思っていた以上にこの本が面白くてスリリングだということを発見できなかったかもしれません！　また、すてきな解説を書いてくださった桜井美穂子さん、有難うございました。

そして、トラーやプーやタマや、その他の猫たち、有難う！

註一　単行本と文庫ともに『遊興一匹　迷い猫あずかってます』のタイトルで上梓したものに、その後書いたエッセイを加え、描き下ろしの絵を加えて編した本書から「遊興一匹」という現在では通じにくいサブタイトルを取るという藤平さんの提案です。長谷川伸の『沓掛時次郎』も、その八回目の加藤泰による映画化『沓掛時次郎遊俠一匹』（’66年）も、通じない時代であるのは、たしかです。

二〇二二年の十二月、映画の独特きわまる宣伝コピーについての劃期的な鼎談、一九九五年に上梓された『惹句術　映画のこころ』（関根忠郎、山田宏一、山根貞男）の文庫版が出版され、久しぶりに読みかえして興奮し、かつ大笑いしたのですが、そこで引用されている加藤泰の映画のコピーを、せめて引用しておきます。トラーの死を思い出す時の私たちの気持にぴったりだったものです。

渡世十年泣かずに来たが
笠に埋めたこの顔一つ
涙見せずに今泣いた

二〇二三年一月十一日

金井美恵子

初出誌紙一覧

トラ！　トラ！　トラ！（「東京新聞」'91・6・2〜6・30の週1回）

銀座の猫、家の猫（「銀座百点」'90・3）

小さな虎さん（「リバブル」'90・冬）

猫を飼う（「日本経済新聞」'90・9・6）

遊興一匹（「波」'90・11〜'91・12）

「トラー」とはどんな動物か（単行本〔'93・6新潮社刊〕時に書き下ろし）

猫を去勢すること（「Ｔｈｉｓ　ｉｓ　読売」'92・2に加筆）

散歩も出来ない（「東京極上散歩術」'88に加筆）

猫の戦略（「日本橋」'91・10）

猫には七軒の家がある（「婦人公論」'91・10）

猫のおかあさん（「日本経済新聞」'91・8・11）

猫と暮す——蛇騒動と侵入者（単行本時に書き下ろし）

エビに猫舌無し（単行本時に書き下ろし）

ウサちゃん（単行本時に書き下ろし）

日だまりでの昼寝（単行本時に書き下ろし）

ピクニックに行こうと思う（単行本時に書き下ろし）

増殖する物体としての本（「波」'93・9）

猫の爪研ぎ（「Ｔｈｉｓ　ｉｓ　読売」'93・12）

「猫」散見（「漱石全集」岩波書店〈第一巻〉月報）

反復不可能（「小説現代」'94・5）

カーテンを替えようと、いよいよ決めるまで（「チャイム銀座」'96・3）

書かなかったこと（「Ｏｇｇｉ」'93・3）

再び、の前に（「別冊文藝春秋」'07・11）

トラーの禁じられた狩りの秘密（「別冊文藝春秋」'09・1）

トラーの最後の晩餐、禁煙その他（「一冊の本」'07・10）

解説
目白猫クロニクル

桜井美穂子

トラーのおなかの杏色《あんずいろ》が忘れられない。

金井家に隣接する集合住宅の一階に住んでいた頃、トラーはよくうちの庭でお昼寝をしていた。トラーの通り道はうなぎの寝床のようなほそ長い庭の西の端。反対側の東の端の塀の隙間から、トラーと同じ黒トラの雌猫がしばらく前からうちに餌をもらいに通ってきていた。

この猫はのちにうちの飼い猫になるのだが、子猫のうちに迷子になったトラーとは異なり、野良のキャリアが相当にあって家の中に入るまでかなり時間がかかった。晩年のトラーと、うちのトラ猫の間にどれくらい交流があったのか。人間からは測り知れない。

似たような毛皮の色でも、あのおなかの美しい色はトラーならではであったと思う。

トラ柄の野良猫は目白に数多く生息していて、我々は「目白猫」と呼んでいるくらいなのだが、それぞれに微妙な違いがある。一時期、うちの集合玄関の植栽の中で暮らしている小柄な目白猫がいて、家族がたまに餌をやっていた。しかし野生は常に危険と隣り合わせである。

この猫は車に轢かれて非業の死を遂げた。

アウトドアライフを満喫していたトラーが金井家の猫となって天寿を全うした上、数多《あまた》のエッセーの中に刻み込まれ、生前のいきいきした姿を絵に描かれ、読者にも忘れられない永遠のアイコンとなったことは奇跡だと思う。

決して飼い主の欲目ではなく、本当に老いたジョン・ウェインの風格をたたえていたトラーの体調が悪化して、我が家の猫もかかりつけだった動物病院で毎日治療を受けているのは知っていた。残り時間があまりないことは隣人である我々にも察せられた。

トラーが十八歳で長い闘病生活を終えた初秋の朝。

「なんだか疲れちゃって」

とだけ金井さんはおっしゃった。

しかしその深い悲しみは、本書の巻末に新たに収録された「トラーの最後の晩餐、禁煙その他」に余すところなく描かれている。もう助からないと分かってしまった後で、何もしてやれないあのにがい日々は、身内を看取った経験のある誰しもが味わったものと同じだろう。

トラー亡き後、腎臓の病気があったうちの猫も旅立った。昼間はいつもひとりで留守番させていて、具合が悪くなってからは職場から走って帰宅するような日々が続いていた。留守中に死んでいたらどうしよう？　猫は家族に構われることを嫌い、物陰に隠れながら最期の時をじっと待っているかのようだった。

最後の夜、這うようにして普段は行かない浴室へ行き、脱衣所のマットの上で息絶えた。その命の終わりの荘厳さに私は深く打たれ、長年多くの猫を飼ってきた友人の言葉を思い出していた。

「年老いて脱水状態の死に方がどんなに穏やかで自然な逝き方か、猫から教えられたの。だから母を看取る時も、このまま点滴はしなくていいですからって医者に言ったの」

猫を見送った後、ずっとできなかった泊まりがけの旅行に行った。湯布院の贅沢な宿での数日。素晴らしい体験だった。だけど豪華な五日間に続く無味乾燥な三百六十日に何の意味があるのだろう？　しばらくして自分のメンタルが「真っ暗」になっているのに気づいた。これではいかん。ペットロスの一番の治療法は次の猫（または犬）を迎えること。

保護猫シェルターに行ってみることにした。最初はシェルターの下見と「ルール」を学習するため。子猫は確かに可愛いけど、共働きで留守番ばかりさせる家には無理。

二回目、家族と一緒に行って住環境やこれまでの飼育経験について審査を受けた。ほんとうはずっとペット禁止の部屋に住んでいて、これを機会に引っ越しを考えていた。

このシェルターには猫カフェスペースがあり、そこには比較的人に慣れた猫たちが自由に放されていた。面接のためにいい年をした夫婦が緊張しながら座っていると、その中の一匹がすっと寄ってきて隣にピタッと座ってくれた。大柄な白猫。猫にしては妙に面長で、すぐにもらい手があるようには見えなかった。子供の頃、この世のものとは思えない美しいオッドアイの白猫をもらったことがあるのだが、美人薄命の言葉通り子猫のうちに死んでしまった。でもこのシロは（美人じゃないし）大丈夫そう。

帰宅後「あの白いの、もらわない？」と家族に言って、半月ほどしてこの白猫（名前は玉・推定一歳半のオス）は我が家の猫になった。

堂々と猫の飼える家への引っ越し当日、玉を金井家に預かっていただいた。その前後の無礼千万な様子は「猫を預かる」（『たのしい暮しの断片《かけら》』所収）に詳しく記録されている。ほんとすみません、ご迷惑をおかけしました！

（さくらい　みほこ／村越画廊）

微妙に美猫に描いてくださった
肖像画と、恐縮気味の玉。

本書は、『遊興一匹　迷い猫あずかってます』（一九九六年九月　新潮文庫）に、「再び、の前に」「トラーの禁じられた狩りの秘密」「トラーの最後の晩餐、禁煙その他」の三篇を増補したものです。

中公文庫

迷《まよ》い猫《ねこ》あずかってます

2023年 3 月25日　初版発行

著　者　金《かな》井《い》美《み》恵《え》子《こ》

発行者　安 部　順 一

発行所　中央公論新社
〒100-8152　東京都千代田区大手町 1-7-1
電話　販売 03-5299-1730　編集 03-5299-1890
URL https://www.chuko.co.jp/

D T P　平面惑星
印　刷　三晃印刷
製　本　小泉製本

Published by CHUOKORON-SHINSHA, INC.
Printed in Japan　ISBN978-4-12-207338-8 C1195

各書目の下段の数字はISBNコードです。978-4-12が省略してあります。

中公文庫既刊より

あ-58-7
ダイエット物語……ただし猫　新井　素子
夫・正彦さんと愛猫。二人のダイエットに奮闘する陽子さんを描く表題作他二篇、文庫オリジナル「リバウンド物語」、夫婦対談「素子さんの野望」を付す。
206763-9

あ-84-1
女体についての八篇　晩菊　安野モヨコ選・画　太宰治／岡本かの子／森茉莉他
はたかれる頰、蚤が戯れる乳房、老人を踏む足、不老の童女……文豪たちが「女体」を讃える珠玉の短篇に、安野モヨコが挿画で命を吹きこんだ贅沢な一冊。
206243-6

あ-84-2
女心についての十篇　耳《みみ》瓔《よう》珞《らく》　安野モヨコ選・画　芥川龍之介／有吉佐和子／円地文子他
わからないなら、触れてみる？　女の胸をかき乱す、淋しさ、愛欲、諦め、悦び――。安野モヨコが愛した、女心のひだを味わう短篇集シリーズ第二弾。
206308-2

あ-84-3
背徳についての七篇　黒い炎　安野モヨコ選・画　幸田文／久生十蘭／永井荷風他
全員淫らで、人でなし。不倫、乱倫、子殺し……濃密に咲き乱れる、人間たちの〝裏の顔〟。安野モヨコの挿絵とともに、永井荷風や幸田文たちの名短篇が蘇る。
206534-5

う-9-5
ノラや　内田　百閒
ある日行方知れずになった野良猫の子ノラと居つきながらも病死したクルツ。二匹の愛猫にまつわる愛情と機知とに満ちた連作14篇。〈解説〉平山三郎
202784-8

う-9-6
一病息災　内田　百閒
持病の発作に恐々としつつも医者の目を盗み麦酒をがぶがぶ……。ご存知百閒先生が、己の病、身体、健康について飄々と綴った随筆を集成したアンソロジー。
204220-9

う-9-10
阿呆の鳥飼　内田　百閒
鶯の鳴き方が悪いと気に病み、漱石山房に文鳥を連れて行く……。『ノラや』の著者が小動物たちとの暮しを綴る掌篇集。〈解説〉角田光代
206258-0

う-37-3
カロや　愛猫作品集
梅崎春生
吾輩はカロである——。「猫の話」「カロ三代」ほか飼い猫と家族とのドタバタを描いた小説・随筆を中心に編集した文庫オリジナル作品集。〈解説〉荻原魚雷
207196-4

く-15-2
ドイツの犬はなぜ幸せか　犬の権利、人の義務
グレーフェ彧子《あやこ》
「犬と子供はドイツ人に育てさせろ」というほど、犬の飼い方に関して飼い主に厳しい義務が課せられている動物愛護先進国からのユニークなレポート。
203700-7

く-20-1
猫
クラフト・エヴィング商會
井伏鱒二／谷崎潤一郎 他
猫と暮らし、猫を愛した作家たちが思い思いに綴った珠玉の短篇集が、半世紀ぶりに生まれかわる。ゆったり流れる時間のなかで、人と動物のふれあいが浮かび上がる、贅沢な一冊。
205228-4

く-20-2
犬
クラフト・エヴィング商會
川端康成／幸田文 他
ときに人に寄り添い、あるときは深い印象を残して通り過ぎていった名犬、番犬、野良犬たち。彼らと出会い、心動かされた作家たちの幻の随筆集。
205244-4

さ-44-2
嘘ばっか　新釈・世界おとぎ話
佐野洋子
野心的なシンデレラ、不美人な白雪姫……ユーモアと毒のきいた、二十六篇のおとぎ話パロディ。全話に挿絵つき。〈巻末エッセイ〉岸田今日子・村田沙耶香
206974-9

し-15-18
愛猿記
子母澤寛
誰にもなつかないと評判の猛猿が不思議と著者にはたちまちなついた。三匹にわたって飼い継いだ猿との哀歓の日々。〈解説〉綱淵謙錠〈巻末エッセイ〉土門拳
207046-2

た-15-5
日日雑記
武田百合子
天性の無垢な芸術者が、身辺の出来事や日日の想いを、時には繊細な感性で、時には大胆な発想で、心の赴くままに綴ったエッセイ集。〈解説〉巖谷國士
202796-1

た-15-9
新版　犬が星見た　ロシア旅行
武田百合子
夫・武田泰淳とその友人、竹内好との旅を、天真爛漫な目で綴った旅行記。読売文学賞受賞作。竹内好の随筆「交友四十年」を収録した新版。〈解説〉阿部公彦
206651-9

各書目の下段の数字はＩＳＢＮコードです。978－4－12が省略してあります。

た-15-10
富士日記（上）新版
武田百合子
夫・武田泰淳と過ごした富士山麓での十三年間を克明に描いた日記文学の白眉。昭和三十九年七月から四十一年九月分を収録。〈巻末エッセイ〉大岡昇平
206737-0

た-15-11
富士日記（中）新版
武田百合子
愛犬の死、湖上花火、大岡昇平夫妻との交流。昭和四十一年十月から四十四年六月の日記を収録する。田村俊子賞受賞作。〈巻末エッセイ〉しまおまほ
206746-2

た-15-12
富士日記（下）新版
武田百合子
季節のうつろい、そして夫の病。山荘でともに過ごした最後の日々を綴る。昭和四十四年七月から五十一年九月までを収めた最終巻。〈巻末エッセイ〉武田　花
206754-7

た-30-55
猫と庄造と二人のをんな
谷崎潤一郎
猫に嫉妬する妻と元妻、そして女より猫がかわいくてたまらない男が繰り広げる軽妙な心理コメディの傑作。安井曾太郎の挿画収載。〈解説〉千葉俊二
205815-6

た-77-1
シュレディンガーの哲学する猫
竹内　薫
竹内さなみ
サルトル、ウィトゲンシュタイン、ハイデガー、小林秀雄――古今東西の哲人たちの核心を紹介。時空を旅する猫とでかける、「究極の知」への冒険ファンタジー。
205076-1

た-80-1
犬の足あと　猫のひげ
武田　花
天気のいい日は撮影旅行に。出かけた先ででくわした奇妙な出来事、好きな風景、そして思い出すことどもを自在に綴る撮影日記。写真二十余点も収録。
205285-7

て-11-1
架空の犬と嘘をつく猫
寺地はるな
羽猫家は、みんな「嘘つき」である――。これは、破綻した嘘をつき続けたある家族の素敵な物語。寺地はるなの人気作、遂に文庫化！〈解説〉彩瀬まる
207006-6

な-29-2
路上のジャズ
中上　健次
一九六〇年代、新宿、ジャズ喫茶。エッセイを中心に詩、短篇小説までを全一冊にしたジャズと青春の日々をめぐる作品集。小野好恵によるインタビュー併録。
206270-2

ふ-49-1
猫がかわいくなかったら
藤谷　治
定年まで四年。妻と静かに老いていくだけと考えていた吉岡だったが、近所の老夫婦が入院し、その飼い猫を巡り騒動に巻き込まれる。〈解説〉瀧井朝世
206701-1

ほ-12-2
プレーンソング
保坂和志
猫と競馬とともに生きる、四人の若者の奇妙な共同生活。〝社会性〟はゼロに近いけれど、神の恩寵のような日々を送る若者たちを書いたデビュー作。
203644-4

ほ-12-3
草の上の朝食
保坂和志
猫と、おしゃべりと、恋をする至福に満ちた日々を独特の文章で描いた、『プレーンソング』続篇。夏の終わりから晩秋までの、至福に満ちた日々。
203742-7

ほ-12-5
もうひとつの季節
保坂和志
鎌倉で過ごす僕とクイちゃんと猫の茶々丸、近所に住む便利屋の松井さん兄妹。四人と一匹が織り成す穏やかな季節を描く。〈解説〉ドナルド・キーン
204001-4

ほ-12-15
猫の散歩道
保坂和志
鎌倉で過ごした子ども時代、猫にお正月はあるのか、新入社員の困惑……小説のエッセンスがちりばめられた88篇。海辺の陽光がふりそそぐエッセイ集。
206128-6

ほ-20-2
猫ミス！
新井素子／秋吉理香子／芦沢央／小松エメル／恒川光太郎／菅野雪虫／長岡弘樹／そにしけんじ
気まぐれでミステリアスな〈相棒〉をめぐる豪華執筆陣による全八篇——バラエティ豊かな猫種と人の物語を収録した文庫オリジナルアンソロジー。
206463-8

や-75-1
ねこ物件　猫がいるシェアハウス
柳　雪花
綾部真弥　原案
ねこ×イケメン×シェアハウス⁉　入居条件は「猫に気に入られること」。古川雄輝主演の人気ドラマ原作本が登場です。
207239-8

よ-17-17
ネコ・ロマンチスム
吉行淳之介　編
気まぐれで不可思議で魅力的な生き物に、夢と現実のあわいへ導かれる——。豪華な執筆陣による猫にまつわる幻想的な作品全一三篇を収録。〈解説〉福永　信
207203-9

各書目の下段の数字はＩＳＢＮコードです。978－4－12が省略してあります。

よ-25-1
ＴＵＧＵＭＩ
吉本ばなな
病弱で生意気な美少女つぐみと海辺の故郷で過した最後の日々。二度とかえらない少女たちの輝かしい季節を描く切なく透明な物語。〈解説〉安原　顯
201883-9

よ-25-2
ハチ公の最後の恋人
吉本ばなな
祖母の予言通りに、インドから来た青年ハチと出会った私は、彼の「最後の恋人」になった……。約束された至高の恋。求め合う魂の邂逅を描く愛の物語。
203207-1

よ-25-3
ハネムーン
吉本ばなな
世界が私たちに恋をした――。別に一緒に暮らさなくても、二人がいる所はどこでも家だ……互いにしか癒せない孤独を抱えて歩き始めた恋人たちの物語。
203676-5

よ-25-4
海のふた
よしもとばなな
ふるさと西伊豆の小さな町は海も山も人もさびれてしまっていた。私はささやかな想いと夢を胸に大好きなかき氷屋を始めたが……。名嘉睦稔のカラー版画収録。
204697-9

よ-25-5
サウスポイント
よしもとばなな
初恋の少年に送った手紙の一節が、時を超えて私の耳に届いた。〈世界の果て〉で出会ったのは……。ハワイ島を舞台に、奇跡のような恋と魂の輝きを描いた物語。
205462-2

よ-39-6
レインコートを着た犬
吉田篤弘
〈月舟シネマ〉の看板犬ジャンゴは、「犬だって笑いたい」と密かに期している。小さな映画館と、十字路に立つ食堂を舞台に繰り広げられる雨と希望の物語。
206587-1

タ-8-1
虫とけものと家族たち
ジェラルド・ダレル
池澤夏樹訳
ギリシアのコルフ島に移住してきた変わり者のダレル一家がまきおこす珍事件の数々。溢れるユーモアと豊かな自然、虫や動物への愛情に彩られた楽園の物語。
205970-2

ト-6-1
犬の行動学
トルムラー
渡辺　格訳
愛犬との生活で過ちをおかさないために――人類の最高のパートナーの知られざる本質を探り、自然の理にかなった真にすこやかな共存の形を提案する。
203932-2